底ぬけビンボー暮らし

matsushita ryūichi
松下竜一

講談社文芸文庫

目次

底ぬけビンボー暮らし

前口上

一九七三年春に大分県中津市という一地方で創刊された月刊ミニコミ誌「草の根通信」が、満二十三年を超えていまだに発行され続けていることは、ミニコミ界の七不思議の一つといえるかもしれない。七〇年代に簇生《そうせい》した同種の反公害・反開発の市民・住民運動のミニコミ誌は、ほとんどがその姿を消して久しいのだから。

かくも「草の根通信」が生き延びている理由はいくつか考えられるが、発行者である〝売れないものかき〟松下センセへの同情が大きいせいだと思われる。

病気と貧しさにあえぎ続ける松下センセとその一家が、はたしてこの世知辛い世を生き延びられるのだろうかとはらはらさせることで、読者をつなぎとめてきたというのが案外真相に近いのではあるまいか。

本書に収録するのは、「草の根通信」に連載した松下センセの赤裸々なる生活記（一九九〇年七月～一九九五年六月）であり、どっこい生きているという報告記でもある。

一　満二十周年記念の日に

七月九日は、作家松下センセの開業記念日である。

松下センセの最後の豆腐造りが一九七〇年七月八日までで、翌九日からペン一本の生活へと転身したのであり、かぞえればこの夏が満二十周年となる。本来なら、作家生活満二十周年の記念パーティでも華やかに開催し、日頃おつきあいをいただいている方々を御招待申し上げるくらいのことはしなければならないのだろうが、とてもそういう状況でも心境でもない。

よくぞまあこの二十年間、綱渡りのような生活を続けてきたなあという感慨のみしきりで、作家として二十年を琢磨《たくま》してきたという自負も安定感も微塵もないというていたらく。来年の一家の生活がなんとかなるのだろうかという恒常的な不安は、いまも松下センセの薄い背を炙《あぶ》り続けてやまない。

今年ももう半年が過ぎて一年間の収入の見当もついてきているのだが、これがなんとも心細い限りである。

五月に出版した児童向けノンフィクション『どろんこサブウ』(講談社)が唯一頼みの主収入なのだが、これがやっと七〇万円でしかない。あとはこれに、どれくらいの雑収入がプラスになるかにかかっている。

雑収入にはどういうのがあるかというと、まず既刊本の増刷による印税というのがある。松下センセがいつも夢みるのは、これまでの既刊本三十三冊が全部生きていて、たとえ年に千部ずつでも増刷になってくれれば、それだけで一年の生計が保証されるだろうにという虫のいい願いである。

現実は悲惨なもので、松下センセの単行本はほとんどもう〈品切れ〉か〈絶版〉扱いで入手不能となっているし、文庫本までが〈品切れ・増刷予定なし〉というつれない返事が多い。松下センセの代表作の一つで講談社ノンフィクション賞を受賞した『ルイズ――父に貰いし名は』(講談社)でさえが、単行本はもとよりのこと文庫本までが〈品切れ〉という惨憺《さんたん》たる実情、要するに、この二十年間の実績である三十三冊の作品が、全然財産にはなりえていないのである。

それでもかろうじて今年増刷になったのが、文庫版『豆腐屋の四季』と単行本『狼煙《のろし》を見よ』で、両者を合わせての印税収入が約三〇万円。

その他の雑収入というと、新聞や雑誌に書く単発的な原稿料ということになるが、これがまた当てにはならない。なにしろこれはもうまったくの注文待ちで、「そういえば、九州の中津に松下某とかいう、地味な作家がいたなあ。あれにひとつ書かせてみるか」と、どこかの編集者が気まぐれに思い出してでもくれない限りどうにもならない。まして、過激派という恐ろしげなレッテルまでつけられている松下センセを頭から忌避《きひ》する新聞や雑誌が多いのだから、まあせいぜい三カ月に一本の注文があればよしといったところだろうか。収入にして、年にせいぜい二〇万円くらいなのだ。

講演は基本的には引受けないことにしているし、引受けてもほとんどが市民運動関係なので、まず収入として計上するほどのものとはならない。

こんなふうに今年の収入を予測してみて改めてがっくりとなるのだが、このままいくと一年の合計が一二〇万円にしかならない。これではやっていけるはずもなく、あとはもう思いがけない収入による上積みを期待するのみである。

以上の内情によってもお察しの通り、松下センセの生活が安定するためには、一年に三冊か四冊の本を書く以外にないのだが（あるいは、たとえ一冊でもそれが大いに売れる本であればいいわけだが）、それが書けないのだからこの恒常的不安定ぶりも自業自得というほかない。作家としての才能の乏しさゆえの悲劇であるわけで、むしろこの頃ではよくもこの程度の才能で二十年間をしのげたものだという、自らへの驚きの方が大きい。

こんな綱渡りで二十年間を過ごせたのも、ひとえに洋子という伴侶のおかげだろう。松下センセの細君である洋子はいま四十五歳だが、人と較べてわが身の貧しさを嘆くとか、人の好運をうらやむとか、人より目立ちたいとか、人にまさりたいとか、そういうおのれの欲といったものを、そっくりどこかに置き忘れてこの世に生まれたのではないかと思えるようなところがある。

　おかげで松下センセは細君から、「もっと売れる本を書きなさいよ」とせつかれたこともなければ、「もう、あんたには頼れんから、わたしが働きに出ます」と押しのけられたこともない。どんなに困った状態に追いつめられても、どこかから助けが降ってくるとでも信じてるみたいな細君の無欲さと楽天ぶりによって、松下センセは救われてきたという気がするのだ。二人で自転車をつらねて、川辺に弁当を食べに行ったり草花を摘んで廻るだけで充足しているのだから、こんな安上りなカップルもいまいではないか。

　細君の母の葬儀から二週間過ぎて、伊藤ルイ（注）さんと梅田順子さんが福岡市から訪ねて下さった。

「洋子さん、長い間の看病大変でしたねえ。まわりで、あなたを慰労したいという声が多いもんですから、ごく内輪で〈洋子さんカンパ〉っていうのを募ったら、皆さんとっても喜んで応じてくださったのよ。——どうぞ、これでお二人で旅行でもなさって、骨休めをしてくださいな」

　ルイさんから思いがけない金額の包みを渡されて、細君はみるみる涙を溢れさせてうつむいた。細君の母が肺ガンと診断され、あと半年の命と告げられたのは、一九八八年秋のことだった。細君も松下センセも母にはガン告知をしないまま懸命の看病を続けたが、一年半後の今年五月十二日に母は六十四歳の生涯を終えた。その看病記を毎月松下センセは「草の根通信」に現在進行形で綴り続けたので、読者もまた一年半の経緯を見守って下さったのだ。

結局、松下センセと細君は御好意に甘えることにした。

実は、『どろんこサブウ』の出版記念会を主人公の森田三郎さんとその仲間が企画し、作品の舞台に近い千葉県船橋市で七月八日に催されることになっている。東京湾でほとんど唯一残されている自然干潟を守り抜いた森田三郎さんの苦闘を書いたのが『どろんこサブウ』で、出版記念会の主役も作者よりはサブウこと森田三郎さんということになる。松下センセは一人で出席するつもりだったが、ルイさんたちからの御好意をいただいて細君との二人旅にしようと考え直したのだ。

いや、二人だけの旅ではない。「かあちゃんの写真を持って行こうね」と、細君がいうのだ。細君の母は一度も東京に行くことなく小さな食品店の店番だけで一生を終えてしまった。「先でお店をやめたら、一度日本の首都に行かんとね」といいながら、それが果たせなかった母を写真で連れて行こうというのである。

そこへ、もう一人割り込んできたお邪魔虫がいる。まだ夏休み前だから留守番役をさせるつもりだった杏子が、学校を休んでついて来るという。出版記念会の会場からディズニーランドがごく近いと知って、そちらが狙いなのだ。

「よろしい。こんな機会はめったにないのだから、三人でばあちゃんをディズニーランドに連れて行ってあげよう」と、松下センセは気前よく応じることにした。

出発まで一週間に迫った日の夕刻、電話が鳴って細君が「なんだかとっても声のきれいな女の人からよ」という。

「初めてお電話をします。わたしは二期会に所属していますソプラノの中谷といいます」と名乗る声が、成程細君のいうように張りを帯びて響く。

用件は思いがけないことであった。

「東京室内歌劇場・歌と朗読の夕べ」という音楽会が新宿モーツァルトサロンで催されることになり、中谷美恵子さんが歌唱するのだが、なんとその歌の合間に朗読されるのが松下センセの短編小説「絵本」なのだという。

クラシックの世界にはとんとオンチな松下センセのことだから、中谷さんの名も知らないのだが、多分その世界では著名な人らしい。ピアニストも日本で一、二といわれる人なのだと紹介された。朗読もベテランの声優として知られた山内雅人さんだという。どうやら、並みの音楽会ではないらしい。

「大変な光栄です。どうぞ御自由にお使いください」

著作権者である松下センセは、かなり興奮気味に返事を返した。

「そうですか。御許可をいただいてほっとしましたわ。近ければ、センセをぜひ御招待したいところなんですけど……」

「あのう、それはいつのことですか」

「それがもう迫っていまして、七月九日の夜なんですよ」

「えっ、七月九日ですか！　わたしはちょうど上京してますけど……」

「えーっ、ほんとですかあ！　なんという不思議な偶然でしょう。それじゃあ会場で作者御本人を紹介できるわけですね。朗読の山内さんも、とてもセンセに会いたがってたんですよ」

電話の向こうで、今度は美しい声の主が興奮している。

「はい、必ず行きます」

松下センセはきっぱりと約束した。

ほんとに、この世は何が起きるか分らない。

松下センセの作家生活満二十周年記念日は、なんとモーツァルトサロンなどというクラシック音楽の会場で舞台に立つという、ほとんど想像を絶した光景が現出することになるらしいのである。

「モーツァルトサロンということになると、おれも蝶ネクタイが必要なんじゃないだろうか」

松下センセが開口一番に洩らした疑問に、小心な細君は早くもおびえてしまって、

「あんた、そんな所に顔を出さん方がいいんじゃないの？　せっかく〝絵本〟の感動でみんながしんみりしているところに、あんたが出てきたら作品世界のイメージがいっぺんにこわれてしまうんじゃないの？　やめようよ」と、実にもっともな指摘をしてくれる。

「うん。その危険性は十分にありうる気がする。あれは若い頃に書いた作品だからなあ。こんなに髪の薄れた作者が登場したら、みんなガクッとなるかもしれんな。――それはおれも認めるんだが、しかしこんな体験は生涯に二度とないだろうしな。おれはたとえ蝶ネクタイをつけてでも行ってみるよ」

蝶ネクタイのときはタキシードということになるのだろうか？

「わたしは御免よ。東京まで行って、はらはらしたくないわ。行くならあんた一人で行ってよ。わたしは杏子ちゃんと、夜までディズニーランドにいますからね。ディズニーランドは夜のパレードがきれいいちゅうたもん」

晴れがましさに対しては本能的に身をすくめてしまう細君からは逃げられてしまったが、松下センセはたとえ彼女と別行動となっても、この得難い機会を逃すつもりはない。

ひょっとしたら舞台で花束くらいはいただけるのではないかと思うと、ニタニタと笑いがこぼれてくる。満二十周年のこのうえない記念ではないか。

フフフフ、諸君、気をつけたまえ。

この夏、松下センセはひときわ美声を澄ませて、あちこちで口走ることになるかもしれない。

「いやあ、このまえ新宿のモーツァルトサロンでね、有名なソプラノの中谷美恵子さんと共演しちゃってねえ……」　　（一九九〇・七）

（注）松下センセのノンフィクション『ルイズ――父に貰いし名は』の主人公で、「草の根通信」の常連執筆者。梅田順子は彼女の親友。

二　泣いていました

新宿モーツァルトサロンでの「歌と朗読の夕べ」の最後をしめくくったのが、声優山内雅人さんによる「絵本」の朗読だった。

舞台の椅子に座る山内さんだけがスポットライトに浮かび、BGMで波の音が静かに流される。静まりかえった会場に、山内さんの声だけが「絵本」の世界を紡ぎあげていく。

会場が暗いことをさいわいに、松下センセは怺《こら》え切れずに頰に涙を伝わせていた。

「太古の光源を発した光が暗黒の宇宙を奔り抜けるように、Fよ、君の最後の心を託した絵本『ももたろう』が、今確かに私の掌上にある」

読み終えた山内さんが、明るくなった舞台に立上った。

「私はこの『絵本』を読むたびに、いつかは作者とお会いしたいと思いつづけていました。それが今夜、ここにその松下センセがおみえになっています。御紹介します」

山内さんに誘われ拍手の中を舞台へとあがっていく松下センセは、頰の涙がもう乾いているだろうかと、そのことばかりに気をとられていた。念のために報告しておくと、この夜の松下センセはグレーのスーツにノーネクタイであった。

以下に、その夜の舞台での挨拶を再現する。


今晩は。大分県中津市から来ました松下です。

私は今夜、不思議な偶然に導かれて皆さんの前に立っています。

たしか一週間位前のことでした。先程、美しい声で歌われた中谷さんから突然、九州の私の方へ電話がありました。「歌と朗読の夕べ」で、私の作品「絵本」を山内雅人さんが朗読したいという用件でした。著作権料の問題があるものですから、問うてこられたわけです。

実は、この時点で、ちょっとした偶然が働いているんですね。というのは、中谷さんたちはまず著作権協会にこの件で電話を入れてるんです。ところがそれが土曜の午後で、事務所に誰もいなかったんですね。もし、そこで話が通じていれば協会の段階で話はついてしまって、私はせいぜい事後に知ることになったでしょう。協会と話ができなくて、やむなく中谷さんが私の方へと直接電話を下さるということになりました。

なんでも、私をとってもこわい人物と思い込まれていたそうで、大変緊張して電話を下さったのだそうですが、私の電話の声がとっても澄んで若々しかったものですから（笑）……ほっとされたそうです。

もちろん、私は「絵本」の朗読を、著作権料なしで（笑）快諾しました。

「近ければ、ぜひ聞いていただきたいのですが、九州ではむりですね」といわれますから、「それはいつあるんですか」と尋ねましたら、「もう一週間後に迫ってるんですよ。七月九日の夜なんです」という答です。

「それだったら、私は上京していますよ」といいましたら、中谷さんがあの美しいソプラノで「ウッソー！」と口走りました（笑）。

ほんとに偶然ながら、私の本の出版記念会がこちらの方であるものですから七月八日から上京することになっていたんです。

そして、さらにもうひとつの偶然が重なりました。

今日七月九日は、私にとってはひそかな記念日なのです。二十年前のこの日、私は豆腐屋をやめて作家生活の第一歩を踏み出しているのです。（会場にどよめきが起きる）

先程の「絵本」にもありましたように、私は若い日に豆腐屋でした。一九七〇年七月九日にその豆腐屋をやめて、これからはどんなに貧しくともペン一本の生活を貫いていこうと決めたのでした。すでに三十三歳になっていて、二人の幼な子を抱えていましたから、まわりからも無謀だといわれました。

地方で、才能乏しい者が作家生活を続けていくことは大変厳しいものですから、毎年七月九日を迎えるたびに、ああ、どうやらまた一年を生き延びたなあという一人の感慨を噛みしめるのですが、今夜がその二十回目の記念日なんです。

そんな夜に、「絵本」の朗読に立会えたということで、私にはいいしれぬ感動があります。

山内さんの朗読を聴きながら、私は泣き続けていました。

作者本人が自分の作品に泣くなんて変に思われるかもしれませんが、山内さんのすばらしい朗読につれて、「絵本」の背景となった頃の懐い出《おもいで》がとめどなくよみがえって、涙を抑えることができないのでした。

よく、「絵本」は本当にあった話ですかということを読者の皆さんから尋ねられます。私は作品の秘密を打ち明けるように、「あなたが本当の話とうけとめたのなら、これは本当の話なのです。あなたがフィクションだと思われるのなら、これはフィクションなのです」と答えることにしています。

作品の中に出てくる日記から何から、すべて一九五九年当時の私の〈現実〉を再現しています。私が二十二歳の頃です。

私は絶望のどん底で喘いでいました。二年前に母が亡くなり、私は父を助けて豆腐屋として働いていましたが、病弱な上に無器用でほとんど役に立たない存在でした。母を喪ったあとの家庭は荒れて、方向を見失った弟たちが家出をくり返し、新しく来た母親との争いも絶えない有様でした。そんな八方ふさがりの現実のなかで、高校生の頃に夢みていた〈作家になりたい〉という私の願望はもう砕け散っていました。

私には、高校時代に福止英人という友人がいました。同じように文学を志す者でした。しかし、彼は胸を病んでいました。父親が製材所の経営に失敗し大きな負債をつくったために、借家を転々と移っては債権者から逃げ廻っていました。

いまとなってはもう信じられないようなことですが、彼は貧しさゆえに医者にかかることもできなかったんです。そういう彼を毎日見舞いながら、しかし私には何の力もありませんでした。絶望しきっている貧しい豆腐屋は、友を医者に診せるという才覚も余裕も持たなかったんです。ただもう、豆腐やあぶらげを持って行って、彼の文学への思いを聴いてあげる以外のことができないのでした。

一九六〇年の正月に福止君は亡くなりました。私よりはるかに文学の才能を持った人でしたが、書きためたノートを全部焼却していました。

彼が亡くなって幾日目か、訪ねて行きましたら父親は一心に読経中でした。裏庭に立って待っていると、ふと目にとまったものがあります。ニワトリの居ない鶏小屋の中に、彼が病臥《びょうが》していた布団が捨てられているんです。

そのとき、私はなんともいえぬ無惨な思いに打たれました。二十五歳で死んでいった彼のことが、あわれであわれでなりませんでした。一片の作品も残せず、恋すらかなうことなく、同級生の誰からも知られることなく死んでいった彼。

彼のことを作品に書かなければならないと、強く心に誓いました。

もし私が書かなければ、福止英人君がこの世に生きた痕跡は何も残らなくなってしまうと思ったんです。

自分は作家になれそうもないが、せめて彼のことだけは小さな作品でもいい、書かなければと心に誓ったんです。

いまも私には、鶏小屋の中に捨てられた彼の布団が眼に浮かびます。

山内さんの朗読を聴きながら泣いてしまうのは、そんな若い日の切ない情景がまざまざとよみがえるからなんです。

十三年間の豆腐屋生活を経て、冒頭でいいましたように、私は一九七〇年七月九日にペン一本に賭ける生活へと転身しました。二人の幼な子を抱えて、はたして作家としてやっていけるかどうか、とても不安な再出発でした。

もちろん、どこからも原稿の注文などありませんでした。私は発表のあてもないいくつかの短篇小説をひそひそと書き綴りました。「絵本」はそうして生まれた作品です。ようやく、私は亡き友との約束を果たしました。

しかし、その「絵本」を含む私の短篇小説集は、どこからも出版してもらえませんでした。東京のいくつかの出版社に送りましたが、返事すらもらえないのでした。名もない作者の原稿の扱いは、だいたいそんなものです。

やむなく私は自分でお金を出して、大分市の印刷会社で本にしてもらいました。いわゆる自費出版です。みかねた友人たちが本を抱えて売ってまわってくれました。

そのままであればこの作品集は私の周辺の者だけに読まれて終る寂しい運命だったのですが、それから数年して、この自費出版本が筑摩書房の編集者の目にとまりようやく全国的に公刊されることになります。『潮風の町』という作品集がそれで、「絵本」はその一番最後に収められています。

ところが、この作品集の浮沈はまだ終らなかったんです。なんと、『潮風の町』が出版されて一週間後に、版元の筑摩書房が倒産してしまいました。いまではもう筑摩書房も立派に再建されていますが、あのときの衝撃は本好きな方には強い印象で記憶されていると思います。

結局、私の『潮風の町』は、数日しか書店に並ばなかったんです。やはりこの作品集はこんな寂しい運命を負っているのかと落胆したのでしたが、その数日の内にこの本を手にされた方がいたんですね。

やがて、「絵本」は中学の国語の教科書に採用され、全国の若い読者に読まれることになります。

そして、『潮風の町』は講談社文庫で復刊されました。

本当に不思議な運命を辿る作品です。

実は、いままたこの『潮風の町』は消えているんです。せっかく講談社文庫で復刊されましたが、とうとう絶版扱いになってしまいました。

皆さんが、この朗読をきっかけに『潮風の町』を読みたいと思っても、もう手には入りません。深い懐い出をぬりこめた作品が消えていくことほど、作者にとって寂しいことはありません。

でも、私は信じています。この作品は消えたかと思うと、また不思議な運命でよみがえってきます。しばらくは消えているのかもしれませんが、また必ずなんらかの形でよみがえってくるのでしょう。

今日、私のひそかな二十回目の記念日に、山内雅人さんがこの作品を朗読して下さったという不思議な偶然に、私はこの作品がまたよみがえっていく予兆のようなものを感じて、とても喜んでいるのです。（拍手）　（一九九〇・八）

三　大きな買物

たまたま無作為抽出のいたずらで、この一年間松下センセの家庭は国（経企庁）による「消費者動向調査」なるものの対象家庭とされて、三カ月ごとに調査表に記入を要請されていた。

その調査表が来るたびに、「うちを対象にしても、平均的国民の参考にはならんだろうになあ」と、松下センセは細君と苦笑し合ったものである。

〈この三カ月間に購入した物〉をチェックするリストが調査の主対象なので、車や電化製品や家具やレジャー用品などの品目が沢山並んでいて、その中で購入した物があれば鉛筆で印を入れ、購買方法などを記入することになっている。

だが、松下センセの家では、そこに沢山並んでいる品目にいくら眼を通してみても、この三カ月間に買った物はないしこれから三カ月間に買う予定の物もないのである。

しかもこの調査表には〈買わない〉という欄はもうけられていないので、松下センセはどこにも鉛筆を入れるわけにはいかず、その部分を手つかずのままに提出することになる。

「まさか、これだけのリストを並べているのに、なんにも買わなかったなんてはずはないのだから、この人は記入を怠ったのではなかろうか」と疑われそうで、松下センセは〈ほんとになんにも買っていません〉という気弱な但し書きを、毎回欄外に書き込むという始末であった。

車もクーラーもピアノもステレオもゴルフ用品も……要するに大型の買物をまったくしない（というよりは、できない）家庭は、金満国日本の平均的家庭から少しはずれているに違いない。

この調査表で、改めて認識させられたことが一つある。この表の最後には、対象家庭の所得をランク別に記入する欄があるのだが、松下センセは自分の年収にひきよせて当然二〇〇万円以下というランクが設定されていると思っていたら、それがないのだ。最低ランクは年収二五〇万円以下という設定である。

これを見たとき、松下センセにはいささかのショックがあった。自分はいまや、この国の平均的国民の最低所得の線にも達していないと知らされたわけで、ウームと考え込んでしまった。考え込んでどうにもなるわけではないのだが……。

どうも、無作為抽出の結果とはいえ、松下センセの家庭にとってはこの「消費者動向調査」なるものは罪な調査であった。

そして、調査協力のお礼として大分県の名入りで配られてきたのがなんと箱入り洗剤というのだから、松下センセは調査表を返すときの角封筒の裏面に書かざるをえなかった。〈なんという非常識なことをするのですか。いまや、行政当局ですら洗剤追放に取り組む所が出てきているというときに、このような物を配る大分県当局の非常識には唖然とさせられます〉

すると次回のお礼の品は変ったが、開いてみると〈味の素詰め合わせセット〉ではないか。

〈どこまで非常識なのですか。味の素に問題があるくらいのことは勉強しておいて下さい。わが家ではとっくに味の素を追放しています〉

またしても角封筒の裏にそう書いたら、最後の調査のときにはとうとう何も持ってこなかった。

大型の買い物をしないはずの松下センセが、なんとこの秋三七万円もの大きな買い物をすることになった。ボーナスなどに縁のない松下センセにしてみれば、大変な決断といわざるをえない。

もう「消費者動向調査」は終了しているのだが、かりに続いていたとしてもこの松下センセの大型買い物については記入対象外になる。沢山並んでいる購買品目リストの中に該当する物はないのだ。

松下センセの三七万円の買い物というのは、本である。それも、松下竜一著『潮風の町』（講談社文庫）一千冊なのである。

自分の本をなぜ一千冊も買おうとしているのか、その哀れな話を聴いて下さい。

文庫本というものに、皆さんはどんなイメージを抱いておられるだろうか。本が安く読める、いつでも手に入るというのが文庫本の基本的イメージで、さらにいえば作品として一定の評価を得たものという信頼感も加味されるだろう。

しかし、いまでは文庫本への旧来のイメージは急速に壊れ、変容しているといわねばならない。各社文庫の過当競争の中で、人気作家の凡作が次々に文庫化され、文庫本の権威などいうも恥ずかしい状態にまで堕している。

さらに困るのが、いつでも手に入るはずであった文庫本が、そうではなくなっていることにある。試みに書店でみつけられない文庫作品を注文してみると分る。〈品切れ中、増刷予定なし〉という出版元からの返事が来るはずである。

無理もない話で、毎月一社の文庫だけでも十数点ずつも刊行されるとあっては、自社の全文庫本を品揃えさせておくだけで至難なことだろう。かくて、文庫本自体が単行本と同じサイクルを辿ることになり、売れゆきの悪い文庫本はどんどん消えてゆくことになる。松下センセの文庫本などは、いちはやく消えてゆく運命であることはいうまでもない。

講談社文庫を例にとると、松下作品は次の四点が入っている。

『砦に拠る』（一九八二年刊）

『豆腐屋の四季』（一九八三年刊）

『潮風の町』（一九八五年刊）

『ルイズ――父に貰いし名は』（一九八五年刊）

いや、入っていると書いたのは正確でない。入っていたと書かねばならない。ほそぼそとながら現在五刷となっている『豆腐屋の四季』を除けば、すでに消えてしまったか、消えようとしているのが松下作品の運命なのである。

講談社ノンフィクション賞を受賞して話題となった『ルイズ』が消えることはないだろ

うと思われる読者がいたら、それはいまの文庫の世界を知らない者の楽観であって、現にこの半年余にわたって『ルイズ』は品切れで姿を消していたのである。〈長期品切れ→絶版〉というケースが大半であることからすれば『ルイズ』はまさに風前の灯であったわけだが、松下センセの再三の要望でやっと八月に千五百部の増刷が出て命をつなぐことになった。とはいえ、この千五百部が一年以上をかけてなくなっても、もう増刷は無理だろう。千五百部が半年余でなくなるような勢いでない限り、文庫本の増刷はのぞめないのだ。

　実は講談社文庫では、松下センセが『ルイズ』に続いて書いた『久さん伝』（アナキスト和田久太郎の評伝）をも文庫化する企画を当初は持っていたのだが、それはもう吹き飛んでしまっている。文庫の世界は、売れるか売れないかだけで決まる非情の世界というしかない。

　早々と消えてしまったのが『砦に拠る』である。下筌《しもうけ》ダム反対闘争の蜂ノ巣城主室原知幸(注)氏を主人公とした記録文学として、松下センセの代表作という評価も得ている作品だが、その重厚さが敬遠されて売れないままにあえなく絶版とされてしまった。

　あまりにも無念なので、筑摩書房と交渉して、『砦に拠る』はちくま文庫で復刊され命をつなぐことになった。もともとこの作品は最初の単行本は筑摩書房から刊行されているので、いわばちくま文庫に里帰りしたことになる。（単行本が刊行された当時、まだちく

ま文庫は始まっていなかった)
さて、『潮風の町』である。
この文庫本も品切れになって一年以上になる。一九八五年の刊行なので、初刷り分が売り切れるまでに四年かかったことになり、こんな遅々たる売れゆきではもはや増刷はのぞむべくもない。初刷りが一年以内に売り切れるくらいの勢いでなければ、文庫合戦では生き残れないのだ。
松下センセが不思議でならないのは、どうしてこの本がこんなにも売れないのかということである。この作品集からは三つの短編小説が国語教科書に採用されているのだ。

「潮風の町」(教育出版・中2)
「絵本」(東京書籍・中3)
「鉛筆人形」(尚学図書・高2)

熱心な教師であれば、教科書に載る作品の元本である『潮風の町』を読んでみたいと思わないのだろうか。こんなにも売れないところをみると、どうも国語教師たちはそんな気にはならないらしいのだ。
毎年、二人か三人くらいは卒業する教え子たちに著者サイン入り『潮風の町』を贈る教師が現れるとはいえ、これはもう奇特な例外教師というべきなのだろう。全国の国語教師からも買ってもらえぬままに、講談社文庫版『潮風の町』は消え去る運命を避けられなくなってしまった。

松下センセは今度もおそるおそる筑摩書房にもちかけてみた。もともとは『潮風の町』の単行本も筑摩版であったのだから、ちくま文庫に戻れればこれも里帰りになる。

だが、担当の編集者は気の毒そうに返事をしてきた。

「先に刊行した『砦に拠る』が売れないんですよ。いい作品なんですけどねえ……。最初の文庫が売れないと、次の企画を会議に持ち出せないんです」

あまりにも売れない松下作品は、頼みのちくま文庫からも見放されてしまった。

しかし、このまま消してしまうには、『潮風の町』は松下センセにとって愛着の濃過ぎる作品集である。思い悩んだ果てに、松下センセは意を決して講談社に申し入れをしたのである。

「著者が一千冊全部を買い取るということで、一千部の増刷をしてもらえないか」という申し入れである。おそらく、こんな哀れな申し入れをした作家は前例がないのではあるまいか。

結局、講談社文庫ではこの申し入れに応じてくれることになった。かくて、松下センセは自分の本を三七万円分も抱え込むことになる。どこの書店にも並ぶことなく著者に直送される特別増刷というわけである。

もし、まだ『潮風の町』をお持ちでない方は、この際にお求め下されば大変嬉しいことです。十月下旬から発送できます。定価三七〇円ですが、送料が二一〇円もつきますから、大変割高な本になって心苦しいのですが、やむをえません。二冊の送料は二六〇円、三冊以上まとめての注文をいただければ、送料は当方の負担となります。

（一九九〇・十）

（注）大分・熊本県境に建設される下筌ダムに反対して、ダムサイト予定地に砦を築き徹底した抵抗を続けたので蜂ノ巣城主と呼ばれた。

四　本が生き残りました！

嬉しい報告をさせていただきたい。

前号で哀れな報告をしたばかりの『潮風の町』が、なんと再び講談社文庫で生き残ることになったのである。

これもひとえに皆さんの御支援によることというまでもない。感謝の念でいっぱいである。

松下センセが講談社に、『潮風の町』一千冊をそっくり買い取る申し入れをしたときには、皆さんからの注文が六百冊くらいは来るのではないかという見通しを立てていて、残りの四百冊は手元に抱え込んでおいおい売っていけばいいという思惑であった。

ときおり新しい読者から、どうしても『潮風の町』が読みたいのですがという著者への直接の問い合わせが来ることがあって、それに応じられずにこれまでつらい思いをしてきているので、そんなときのための保存用に四百冊を当てればいいというつもりであった。四百冊もあれば、これから十年間はそんな注文に応じられるはずだという計算であった。

だが、そんな最初のもくろみがふっとぶような事態となってしまった。本誌の読者からの注文だけで、一千冊を超えることになってしまったのだ。嬉しい悲鳴というしかない。

注文の増刷本一千冊が届かない内から、講談社に対して早くも第三刷を交渉しなければならなくなった。

「あっという間に本の注文が千冊を超えてしまって、まだどんどん来てるんです。もう一度増刷をお願いできませんか。今度はこちらで六百冊を引き取りますから。――それで相談なんですけどねえ……いっそのこと、第三刷を千五百部の増刷にして、残りの九百部を講談社文庫の方に残すということにしてもらえませんか。この本はたとえほそぼそとでも、売れるんですよ。なんとか絶版にせずに残していってほしいんですよ」

あっという間に一千冊以上の注文を取った著者本人からの強い要請なので、担当編集者もびっくりしている。

「わかりました。さっそく販売の方とも相談して、その方向で検討してみます」と答えたあと、さも不思議そうに問い返すのである。

「ところで、センセはどんなふうにして千冊もの注文を取ったのですか？」

「おや、あなたにはまだ話してなかったですかね？　全国各地に〝松下竜一の本を読む会〟という読者会ができていましてね、講談社が『潮風の町』を絶版にしようとしているニュースを流したもんですから、いっせいに注文取りに動いてくれたわけです」

松下センセ、とっさにでたらめをいっている。とにかく、『潮風の町』がまだまだ売れるのだと講談社側に思い込ませるためには、嘘も方便ということで許していただこう。

結局、講談社では『潮風の町』を文庫本として当面は残してくれることになった。著者が再び六百部を引き取ることを条件に、プラスアルファを増刷して講談社の方に残してくれるというのだ。プラスアルファが何百部かを明言しないところをみると、わずかであるに違いなく、かろうじて生き延びたという感じなのだが、細い命がつながっただけでも嬉しいことである。

いったん消えかかった文庫本が、著者本人の必死の買い支えで生き延びることになったなどという例は、講談社文庫の歴史でも、初めてのことではないだろうか。

一千冊の本が届き、発送作業を始めて二日目、今夜は梶原夫妻も手伝ってくれる。一九七二年に豊前《ぶぜん》火力発電所建設反対運動の中で知り合って以来の同志であり友であるのが梶原得三郎さんで、近くで小さなさかな屋をいとなんでいる。

母の入院に付き添って細君の泊まり込みが続いていた間、寂しい松下センセはしばしば梶原夫妻を呼んで一緒に夜の食事をしたが、そんなとき和嘉子さんは杏子にむかって、

「おとうさんは、おかあさんがまた家に居るようになったら、もう洋子、洋子といって、おばちゃんたちを呼んでくれなくなるにきまってるんよ」とひがんでみせたものだ。

松下センセがそんな薄情者であるはずがない。いまも十日に一夜くらいは梶原夫妻を招いての夕食会は続いているのであって、今夜の作業もその夕食会を終えて片付けられた卓上で始まっているのだ。

「うちは、結婚したときからずーっと、こんなことばかりしてきたような気がするなあ……」

本を厚紙でくるみながら、細君が呟くのである。松下センセがせっせとサインを済ませた本を、傍で五冊とか十冊とか包装し荷造りをし宛名を書いていくのが彼女の作業なのだが、永年の手練でさすがにてきぱきとすばやい。和嘉子さんは、一冊一冊にはさみ込むた

めの「松下竜一著作目録」を折ってくれているし、得さんは二十冊以上の注文の箱詰め作業に専念してくれているのだ。

「あれはどの本のときやったかしら……あんたが入院してて、うちが一人で発送作業をしよったことがあったなあ。心細かったことをおぼえてるわ」

発送作業からの連想なのだろう、細君がしきりに懐古気分に浸っている。

「それが、この本のときなんだ」

松下センセが答える。

「――ほら、『人魚通信』を出したときだよ、おれが村上記念病院に入院してた」

豆腐屋を廃業して最初に書いた作品集『人魚通信』は、どの出版社からも相手にされないまま、自費出版とせざるをえなかった。さらにそれに続いて書いた作品集『絵本切る日々』も同じなりゆきで自費出版となったが、後年この二冊から作品を選んで再編集し、ようやく公刊されたのが『潮風の町』なのだ。

いま、自費出版本『人魚通信』の〈あとがき〉を見ると、冒頭部分に次のように書いている。

この本の出版を準備中の（一九七一年）七月二日深夜、私は突然入院しました。腹部に激痛が起こったためです。一週間ほどで退院したのですが、翌日にはもう再発して、病院に戻ってしまいました。以来、精密な検査を重ねていますが、腸に結核が転移している疑いが濃いということです。長期療養ということになるのかもしれません。さいわい、院長先生の好意で特別に個室が与えられ、疼きのない時間を縫ってはこの本の校正を続けました。

夜は妻が皆さんからの申し込みの手紙を持ってきて、この病室で整理するのです。九時半の消灯時間が来て妻が帰ってしまうと私はこれからの一家五人の生活を思い、いつまでも眠れません。

松下センセも心細かったわけだが、当時二十三歳の細君がいっそう心細かったのもむりはない。幼な子を二人抱え、夫は入院し、どこからも収入のないままに自費出版の本を読者に買っていただくしかないという、どん底の状況であった。一冊一冊を送り出しながら細君は祈るような思いであったろう。

この時期、まだ梶原夫妻を知らない。得さんとの出遇いは、これからおよそ一年後のことになる。

「わっ、しまった。また書きまちがえてしもうた！　ほんとに後藤周二の奴め、厄介な注文を持ちこみやがって」

松下センセ、これでもう三度目の悲鳴をあげている。

福岡市の中学校教師後藤さんが、中学生たちから百十八冊もの注文を集めてくれたのはいいが、なんと著者のサインに加えて一人一人の名前を書き込んでほしいというのだ。そういう特別サービスをエサに注文をつのったということらしい。他人の名前なので、百十八人も書いているとつい書きまちがえるのが出てしまう。(信じられないかもしれないが、千冊もの本にサインを続けていると、自分の名前でも書きまちがうことがあるものなのだ)

書きまちがえた本は、もちろん送り出すわけにはいかない。百十八冊も売ってくれているのだから厚い感謝をしなければいけないのに、つい悪態をついてしまうのも、むりはあるまい。

「そげえ失敗しよったら、なにしよるかわからんやないの。本は売れたけど、損してしもうたということになるんやないの」と細君が笑う。

「そうなるだろうな。そもそも、こうして四人の大人が総がかりで大騒動をしても、これは最初から全然もうけになる話じゃないもんな」と、松下センセも苦笑を返す。

自著を一千冊完売してみても、それによって著者に利益が入るわけでもなく、ただ「なんとかこの本を生き延びさせたい」がための、はかない努力というにすぎない。

「どうやら竜一さんは、スタートの最初から、二十年たってもやっぱり自分の本を自分で売らななならん作家のごたるなあ」

荷造りの手を休めずに、得さんがからかう。

「そうちこ。こんな哀れな作家も珍しいやろうな」

松下センセも軽口に応じつつ、別に不愉快ではない。心中には別な思いも動いているのだ。

自分で自分の本を一生懸命に売らなければならない〈哀れな作家〉かも知れないけれど、見方を変えていえば、これほど読者と直接に結びついた作家も稀ではないかと思うのだ。読者との結びつきの緊密さでいえば、珍しいほどに〈倖せな作家〉なのかも知れない。

得さんたちが帰って行ったのは、十一時を過ぎていた。

「もう、あすの晩はいいからね。あすの昼間に二人ですませてしまうから」といって見送る。

寝ようとして、また細君が呟くのだ。

「今年はあと二回、本の発送作業があるなあ」

十一月末に『潮風の町』第三刷六百冊が届くので、遅れて申し込んで下さった人たちには、それまで待っていただくことにしているのだ。

そして十二月に入ると、講談社から新刊が出ることになっているので、その発送作業を細君は予測しているのだ。

講談社からの新刊は題名が未定であるが、「草の根通信」に連載した「病む人につきそう日々（洋子の母の看病記）」に大幅に加筆したものである。講談社の編集者が考えているタイトルは『母よ、生きるべし』で、松下センセは『キレイヤナ――死の床の母の言える』を提案しているのだが……。

この本の中で、松下センセはこれまで伏せ続けてきた二十五歳の日の、洋子の母（三十六歳であった）との劇的な出遇いを初めて明らかにしている。「わたしの生きている間は、わたしのことは書かないでね」と、固く母から封印されていたからなのだが、いまとなってはそこまでさかのぼらない限り、あの〝看病〟の本当の意味を読者に伝えることができないと判断したからである。

万感の思いをこめて書いた本が、四十余日後にはできあがる。松下センセの三十四作目の本である。

（一九九〇・十一）

五　〝障害〟をのりこえる愛

今年こそは十一月の旧婚旅行を復活させねばと、松下センセは杏子の説得に懸命だった。この子が留守番を承知しない限り、実現できないのだ。

「じゃあ、友達を連れて来て、うちに泊めてもいいの？」

「結構だよ。男の子はだめだが、女の子なら何人泊めてもいいよ」

「それと、服を買ってくれる？」

「うーん……ま、やむをえん取引きだろうな」

「それなら、行っていいよ。おじいちゃんとランの世話はするからね」

というわけで、最大の難関は突破したものの、不安がないわけではない。松下センセ夫妻の旧婚旅行には、なぜかこれまで災厄がつきまとっている。

十一月三日の結婚記念日を中心に、松下センセ夫妻が二泊三日の旧婚旅行を思い立つようになったのは一九八六年からだが（八歳になった杏子が、やっと兄たちと留守番を承知してくれるようになったからだ）、この第一回では宮島の旅行から帰るなり松下センセが病臥してしまった。「慣れぬことをするからよ」というひややかな声が、某所から聞こえたりした。

二回目の年は、降って湧いたような日米合同軍事演習と重なり、大分県日出生台《ひじゅうだい》演習場での反対行動に参加するためにあえて旅行日程を遅らせたのだが、その旅先で今度は上野英信（注）氏の死去とぶつかり、大慌てで長崎から筑豊へと直行する騒動を演じねばならなかった。

そして三回目は、出発二日前に洋子の母のガン宣告という衝撃的な事態に見舞われ、京都のホテル予約を取り消したのだった。旧婚旅行は中止したが、沈み込んだ細君をむりに別府の宿に連れ出し、泣きたいだけ泣かせた。四回目のはずの昨秋は、危篤の母を見守って最初からもう旅行の計画どころではなかった。

「なにか、おれたちの旧婚旅行には徹底的に障害がつきまとうようだなあ」

「そうなあ……今年は何も起きなければいいけど……」

細君も不安を抱いている。

「どうも、おれたちを旅行にやるまいとする〝悪意〟が身近な所で強力に作用してるような気がするんだ」

「まさか、そんな……」

「いや、新堀町の一角に、これまで旧婚旅行をしたことがないというカップルがいるからなあ。まあ、本人たちは〝悪意〟を発しているつもりがなくても、彼らの〝羨望〟が宙に立昇って、〝悪意〟と化しているのではないかと思えてならんのだ」

「………」

「そこで、この身近な〝悪意〟を鎮めてみようと思うんだ」

「そんなこと、できるの?」

「つまり、あの二人も一緒に連れて行けばいいわけだ。合同旧婚旅行だ」

「あっ、それはいいなあ。——けど、一緒に行くというかしら」

「まあ、おれの説得ぶりを見ててくれ」

松下センセ夫妻は今年二十四回目の記念日になるが、新堀町の一角に住む梶原夫妻は十一月二日で二十九回目の記念日を迎える。松下センセと梶原得三郎さんは同年で、この秋ともに五十三歳である。

松下センセが、さかな屋の店先でさりげなく合同旧婚旅行を持ち掛けたのは、十月四日であった。

「なにね、ささやかな旅なんよ。おれたちは一足早く二日に発って、博多で健一（長男）と会って、翌日〝ゆふいんの森〟号で由布院に着くから、そこに得さんがレンタカーで待ってて合流し、久住高原をドライブして、三日の夜は別府の温泉に泊まり、四日に帰って来ようというだけなんよ。レンタカーの費用はうちが持つから、費用もそんなにかからないしね……」

もちろん、これが〝悪意〟を封ずるための誘いであることなど、おくびにも出しはしない。まことに厚い友情に溢れた顔である。

「ねえ、おとうさん、どうします？」

明らかに和嘉子さんの心は動いている。

「うーん、わしの頭の中には旧婚旅行という発想自体がないからなあ……。ちょっと一日考えさせておくれ」

得さんにかかると、何事であれこんなふうに深刻になる。おのが生きる姿勢と旧婚旅行が抵触せぬものかどうかを、まず検討しなければならぬふうである。

それでも、心の中の折合いをどうつけたのか、「一緒に行かせてもらいます」という返事が得さんから届いたのは翌日の昼だった。

しかし、〝悪意〟の出所は新堀町の一角からだけではなかったらしい。そちらは封じたはずなのに、またしても旧婚旅行をおびやかす障害が暗雲のように立ち現れた。自衛隊の海外派遣問題の山場が、旧婚旅行の時期と重なる様相を呈してきたのだ。

なんとしても、国連平和協力法案を旧婚旅行の出発までに廃案に終らせねばならない。松下センセが街頭で真剣に訴えたのも、そういう私的下心があったことを告白しておこう。三年前の日米合同軍事演習といい、今回の海外派兵といい、旧婚旅行を妨害する一番の〝悪意〟の出所は日本政府なのだった。

それでも、松下センセ夫妻は十一月二日から予定どおり出発した。博多駅には久留米から出て来た健一（久留米大在学中）と、その恋人が待っていた。もう何度かオートバイに乗せて中津に連れて来ているので、彼女とは初対面ではない。

「旅行の途中で花束を贈っても厄介やし、何がいいかなあと考えたんやけど、おとうさんとおかあさんに〝博多の夜景〟をプレゼントすることにしたよ」

思いがけないことをいう健一に案内されたのは、福岡博跡地にそのまま残されている福岡タワーだった。東洋一とかいうタワーからの博多の夜景に、細君は歓声をあげた。四人で食事をして別れたのは十一時だった。ホテルの部屋で細君がいうのだ。

「あの二人は一緒になりそうやなあ」

「そんな雰囲気だな」

「あんた、賛成する？」

「おれは一切干渉はしないよ」

二十四年目の夫婦に、若い二人の姿がいささかまぶしい。

細君が乗りたがった〝ゆふいんの森〟号はついに指定席が取れぬままで、三日の朝早く博多駅から特急〝ゆふ〟号に乗り込んだ。午前八時二十分に日田駅で下車して、レンタカーで待つ梶原夫妻とぶじに落ち合った。いよいよ合同旧婚旅行の始まりである。心配された天候も、晴天とはいかぬがまずまずである。

紅葉の名所九酔渓までは渋滞であったが、別に急ぐ旅でもない。

「マイクは忘れてない？」

「うん、ちゃんと積んで来たよ」

四日の正午に大分駅前に勢揃いして〝赤とんぼ〟のグループが海外派兵反対のデモを計画しているのだが、四人はそれに加わることでこの〝非常時〟の旧婚旅行の心やましさを鎮めようとしている。四日になれば松下センセは突然表情をきりりと引きしめて、大分市の街頭でマイクを握るのである。

この日、高原の草花こそあまり見かけなかったものの、紅葉が水面に浮く九重の露天風呂に浸ったり、たそがれの志高湖畔をそぞろ歩いたり、懐い出の濃い一日となった。

それにしても、得さんと松下センセは同年輩でありながらどうしてこうも違うのであろうか。松下センセのカメラがいつも細君に向いているのと対照的に、得さんのカメラは風景ばかりに向けられているのだ。かくて松下センセは、細君を一枚撮すとすかさず和嘉子さんを一枚撮すといったふうで、なかなかに気配りも大変なのである。

「草の根通信」の表紙を飾った〝白鳥とたわむれる和嘉子さん〟の撮影者も、得さんではなくて松下センセなのである。せっかく妻が乙女チックな感傷を具現しているこういう決定的瞬間にもよそ見をしている得さんは、まことに不可解な男というしかない。

すでに暗くなった山道を別府市街へと下りつつ、和嘉子さんが不安そうに訊くのである。

「ねえ、ほんとに泊る所あるの?」

「大丈夫、まかせておきなさい」

松下センセ、きっぱりと答えた。

実は得さんが旧婚旅行を承知した十月五日時点で、別府のホテルはまったく取れなかった。観光シーズンの連休なのだからむりもない。予約なしに出て来ているのだ。

「——ほら、見えてきた。あの水色ネオンのホテルに泊まります」

「えーっ、あれはラブホテルじゃないの⁉」

「和嘉子さん、そういう古めかしいイメージとは違うんです。最近建ってるこの種のホテルは、レジャーホテルとかファッションホテルと呼ばれてね、昔の薄暗いラブホテルのイメージは一新されてるんです。——得さん、そのまま車を入れてよ」

ためらう間も置かせずに、松下センセは指示した。

一時間後、二組のカップルは一部屋に集まって、食卓を囲んでいる。隣り合う二部屋に入ったのだが、松下センセの方の部屋に寄って、これから一緒にディナーを愉しもうというのである。

ことさら広々とした部屋で、一〇〇インチの大スクリーンが一方の壁面を占めている。映画でもテレビでもこの大画面で観られるのだ。

「おとうさん、わたしら世の中の流れに遅れてるんやなあ。こんな所に来て部屋にまでデイナーが取り寄せられるとか、初めて知ったなあ」

和嘉子さんが眼を丸くしている。

「洋子さんはちっともびっくりしてないとこを見ると、よくこんなとこに来るみたいやな。白状しなさい」

和嘉子さんに問われて、細君はフフフッと笑った。

「講演先とかから、よく電話して来るんよ。おい、あした小倉で落ち合わんかとかいうて……」

「そこんとこが、竜一さんとおとうさんの違うとこやなあ」

「いや、それはおれだって、マナイタに縛りつけられた毎日でなきゃあ……」

得さんが慌てて口をはさむ。

「それでは、二十九年目と二十四年目の結婚記念日を祝して、ワインで乾盃といきましょう。――ただし、得さんにはジュースをついでやって下さい」

「えーっ、なんでわしだけが！」

「あんたはアルコールが入ると、すぐ眠るクセがあるから、今夜はだめです。あんたもね、二十九年目の愛を語り、かつそれを実践的に確認しなければならんのだから、早々と眠らせるわけにはいかんのよ。――ねっ、和嘉子さん、そうやろ？」

今度は和嘉子さんがフフフッと笑った。

「でも、缶ビール一本くらいなら、いいよね、おとうさん」

「はい。わしは絶対に眠らんことを三人の前で誓います」

「ハハハ。こっくりこっくりし始めたら、思いっきりつねってやりなさい。それでは四人の愛と健康に乾盃！」

四人は互いのグラスをカチカチッと合わせていった。

もう、どんな〝悪意〟であれ、この夜の二組の愛の高まりを妨害することなどできない……。


（一九九〇・十二）

（注）筑豊に蟠踞した記録作家。『追われゆく坑夫たち』『出ニッポン記』など。松下センセの文学の師。

六　今年はまた一段とハラハラ……

〈九一年中の「草の根通信」の刊行は保証されました〉と、一月号巻頭で松下センセは皆さんに約束をした。

それを書いたのは昨年末であったが、年が明けて改めてこれからの一年を見通したとき、にわかに不安がつのっている。あんな大ミエを切って、大丈夫であろうかという不安である。

確かに「草の根通信」へのカンパは歳末・年始を通じて沢山に寄せられ、発行経費だけからいえば充分に一年間が保証されたといっていい。だからその点での不安はいささかもないのだが、もっと根本的なところに松下センセの不安は黒々とうずくまっているのだ。

ほかでもない、相も変わらぬいのちきの不安である。九一年の年頭にあたって、この一年の自身の収入を見通してみたとき、松下センセ一家の生活がほとんど保証されていないという、由々しき事実に直面してしまったのである。「草の根通信」の毎月の発行も、松下センセ一家の生活がまがりなりにも成り立っていてのことであって、この基本条件を欠いてしまうと発行継続どころではない。

それくらいのことは、別に年頭にあたって思いをめぐらさなくとも気づきそうなことなのだが、こういう点でのいいかげんさというか無計画性は、松下センセの場合少し常識をはずれているのかも知れない。

しかも、そういう非現実性では細君がもっと輪をかけていて、松下センセが「おい、よく考えてみたら、今年は当てにできる収入がほとんどなさそうだぞ」と打明けたときも、「あら、大変やないの」と、ちっとも大変そうでない言葉を返しただけで、いささかも慌てない。

どれくらい大変なのかというと、昨年末に受取った『母よ、生きるべし』の印税八〇万円を一応今年の収入として、それ以外に当てにできる大きな収入はまったくないということだ。

というのも、今年中に出版できそうな本が一冊もないのだから当然のなりゆきというしかない。これまでに何も書けてないし、これから書けたとしても今年の出版ということにはなるまい。

何度も内情を明かしてきたように、松下センセの主収入は本の印税以外にないのだから、九一年年頭にあたって今年の基本収入が八〇万円しかないと改めて確認したときの心細さを察していただきたい。『母よ、生きるべし』が増刷にでも至れば別だが、いまのところそういう気配はない。また、今年中に過去のどの作品かが文庫化されるという期待も抱けそうにない。

だいたいがきわどい綱渡りでしのいできた松下センセ一家ではあるが、どうやら今年は大ピンチを覚悟しなければならぬようである。

〈発行人、生活苦のため、ついに「草の根通信」廃刊に〉という新聞の見出しが脳裡をかすめて、松下センセ慌ててブルルッと頭を振るのである。

年頭から、これは悪夢である。

某日、ゆきつけの郵便局で顔を合わせた町内の自治会長さんが、声をかけてきた。

「いやあ松下センセ。ますますの御活躍ですねえ。新聞やテレビにセンセのことが出るたびに、家内と二人で立派な方やなあと感心してるんですよ」

こんなふうにいわれると、松下センセはひどく気恥ずかしくなって、つい答える声が小さくなっていく。

「いやあ、恥ずかしいことです。……私のやってるのは、お金にならないことばかりですから」

これは、いつわりなくそう思っているのだ。

「とんでもありません。お金をもうけるくらいなことは、誰にだってできるじゃないですか。お金にならないことは、なかなか誰にでもできることじゃあないですよ」

大きな商売をしている自治会長さんは、別に皮肉ではなくそういって下さるのだが、それで松下センセの気恥ずかしさが薄れるわけではない。世間の多くの人にとって、生計維持のための金（大金ではない）を稼ぐことくらいは、ごく当たり前の基本的能力らしいのだが、どういうものか松下センセにはその当たり前ないのちきをしていく能力が著しく欠けているようなのだ。金を稼ぐことの至難さに較べれば、松下センセの社会的活動など何ほどのことでもない。

　自治会長さんがいう松下センセの御活躍なるものは、やれ違憲裁判であったり、反戦集会主催であったり、湾岸戦争がらみの街頭アピール行動であったり、反原発行動などで、こんなことはやろうという気さえあれば誰にだってできることであって、そんな青くさいことを卒業しているのが世間の大人というものなのだろう。青くさいことといったのは、同窓会の場での旧友たちである。

「なんだ、おまえ。五十を過ぎて、まだ町でビラを配ったり、そんな青くさいことをしよるんか!」

　そう浴びせられたとき、大人に取り巻かれたたった一人の少年のように松下センセはひどく照れたものだ。そのあとで、「でも、竜一ちゃんの生き方には、ロマンがあるなあ」という声も聞こえてはいたのだが……。

　某日、二カ月も先に予定されている講演会の件で、ある市の社会教育課の職員二人がわざわざ打ち合わせに来宅した。テーマ等の話がついたところで、いいにくそうに一人が切り出した。

「――実は講演料の件ですが……いくらならよろしいでしょうか」

「それはもう、そちらの都合で結構です」

　講演料に関しては、だいたいそう答えることにしているのだ。松下センセに声をかけて来るのは、だいたいが小さな組織でお金を持ってないときまっているので、相手の事情にまかせるしかないのである。

「できればおっしゃっていただく方が助かるのですが……」

かさねて問われて、一瞬ながら松下センセの胸中にあさましい心がうごめいた。どうせ相手は大きな都市の自治体から出る金なのだし、ここは思い切って五万円と吹きかけてみようか……。(松下センセの場合、謝礼二万円から三万円が一番多い)

「いえ、やっぱりそちらにおまかせします」

口を突いて出たのは、やはり気弱な言葉であった。

「そうですか……。では率直に当方の内情をいわせてもらいますと、予算として二五万円しか組んでないんです。こんなことでよろしいでしょうか」

内心、仰天する思いの松下センセであった。五万円などと口に出していたら、笑いものになるところだった。顔色に動揺が出なかったことを祈るのみである。

「めっそうもありません。私はそんな高い講演料をいただいたことは一度もありません」

つい正直に打明けてしまうところが、小心者の悲しさというべきか。

「それでは、二五万円ということでお願いします」

「いや……ですから、それは困ります。そんなにいただくわけにはいきません」

「しかし、すでに予算を組んでることですから」

「じゃあ、こうして下さい。旅費こみで一五万円、これ以上は絶対にいただけません」

「そうですかあ……ほんとにそれでよろしいんですか」

「結構です。充分すぎます」

なにしろ、旅費こみ一五万円にしても、松下センセがこれまでいただいた最高の講演料であって、その金額に見合うだけの話などできるはずもないことを思えば、これはもう一種のサギ行為に近いだろう。（一度の講演で三〇万円も五〇万円も貰うらしい講演名士たちは、こんな内心の重圧をどうまぎらわせているのだろう）

思いがけない大収入（貰えるのは二カ月先のことだが）に興奮して、昼間のいきさつを家族に話した夜、杏子がいうのである。

「ほんとにおとうさんちゃ、お人好しなんやから。呉れるちゅうもんを、どうしてもらわんの。いつもタダの講演にひっぱり出されるちゅうて嘆きよるんやから、もらえるときにもらわんとだめやないの。――おとうさんは、杏子のことかわいくないの？」

「もちろん、かわいいさ」

「だったら、杏子のことを思ってしっかりかせがんとだめやないの。杏子はクラスでも一番ビンボー人なんよ」

「そんなこと、どうしてわかるんだ」

「どうしてでも、わかるものなの」

中学一年の娘はいまが一番生意気盛りとみえて、父親の偉さを全然認めてはいない。

「ほんとにもう、おとうさんもおかあさんもお人好しなんやから、見ておれんわ。このまえの水道のことだって、そうやないの……」

かさにかかって、いいたてる。

水道のことというのは、水道料金のことなのだ。昨年末、水道料金と（それに連動した）下水道料金を払った細君が、首をかしげたのだった。

「これは、どうしたのかしら」

料金が最低の基本料金になっているという。水道料金と下水道料金を合わせて一一〇〇円なのだ。四人家族がふつうに暮らしていて、こんな料金であるはずがない。

細君が引出しをかきまわして、これまでの料金票を調べてみると、なんと九月以降突然基本料金になっていて、その前の八月の料金は真夏ということもあって水道と下水道を合わせて約一万円なのだ。一万円が突然一一〇〇円に激減して、そのままの基本料金で推移しているわけだ。三カ月間もそのことに気づかないあたりが、松下センセ宅の家計のずさんさである。

「これはきっと、水道のメーターが故障してるんだ。水道をいくら使っても針が動かないんだ」

「やっぱり水道課に電話をして、調べてもらわんと、わるいやろうね」

「そうだな……毎月何千円もごまかすわけにはいかんな」

結局、水道課に電話をしたのだが、「料金が安過ぎるという電話をもらったのは初めてです」と電話に出た係から不思議そうに言われた。年が明けて検査に来たが、やはりメーターが壊れていて入れ換えることになった。二月からはまた本来の料金に戻るわけだ。そんないきさつを見ていて、杏子は「おとうさんもおかあさんもお人好しすぎて、見ちゃあおれん」というのだ。

「おとうさん、これから講演料の相談を受けたら、杏子に相談してから決めてよね」

「はい、はい。これからは杏子マネージャーに相談します」

松下センセ、この子の言うがままである。

「だけどねえ、こんなありがたい話は、もう二度とこないと思うけどね」（一九九一・三）

七　巣立ちのとき

「二度とないことなんだから、行ってきたらどうだ」

久留米大学から健一の卒業式案内が届いたときから、松下センセは何度かそういって細君に勧めていた。自分は行く気はないのだが、細君にしてみれば長男の晴れの日の式には出たいのではないかと思ったのだ。

「そうやなあ……行こうかなあ」

そう呟いて細君の心は動くようだったが、「やっぱり、やめておくわ」といいだしたのは、卒業式が一週間後に迫った頃だった。

「たった二時間たらずの式に出るために旅費を使ってホテルに泊まるなんてもったいないもん。——ねえ、それよりもみんなで一泊旅行に行こうや。レンタカーを借りて、ケンちゃんが運転すれば、あんまりお金はかからんやろ」

「そうだな、それがいいな。——家族そろっての旅行も、もうこれからはできなくなるんだからな」

その言葉を口にしてしまってから、松下センセの胸中に思いがけないほどの感傷がこみあげていた。

健一は四月一日付けで薬品会社に入社し、しばらくは遠い信州で研修を受けることになっている。その後どこに配属されるかは未定だが、初めての仕事に慣れるまでは休日だからといってもたやすくは帰省できないだろう。

こうして子供たちが巣立っていくのか……という寂しさを松下センセはひそかに嚙みしめている。

レンタカーで出発の日は、あいにくの雨となった。翌日も予報は雨となっているので阿蘇への旅としては最悪の条件となったが、家族それぞれの日程からするともはやこの両日以外は揃わないので、雨天決行である。

「杏子の勘ではね、なんだか山の方で晴れそうな気がする」

杏子がそういったとたんに、「おまえの勘なんか当たるもんか」と歓（次男）からくさされた。降りしきる雨の十号線を別府へ向けて走るのだが、どこまでも雨雲は厚く天候が変化するとは思えない。健一が運転し、助手席に歓、後部に松下センセと細君と杏子だから、多少窮屈なドライブとなる。

「ねえ、ケンにいちゃん、あした小雨くらいやったら、テニスをしてね」

杏子のあわれっぽい願いに、「ああ、かるーくもんでやるよ」と健一が応じる。相変わらずクラス一のチビッコながら中学テニス部の杏子は、車のトランクにラケットを積んでいて二人の兄とのテニスを愉しみにしている。今夜の宿を南阿蘇国民休暇村にしたのも、たまたまそこしか空いていなかったからだが、テニスコートがあるのを杏子が喜んだというせいもある。

健一は久留米大学テニス部に属して、在学中はずっと町のテニス教室のインストラクター（指導員）として月に一〇万円以上のバイト料を稼いでいたのだから、貧しき父親にとってはそれだけでも親孝行な息子であった。歓は福山大学ではテニスをやっていないが、高校時代はやはりテニス部だったので、旅先で三人の兄妹がテニスに興じる姿を見るというのも愉しい光景だろう。

やまなみハイウェーの入口で濃霧注意報が出ていたが、はたして山の中の道は濃い霧に包まれ道路のセンターラインがやっと数メートル先までしか見えないというおぼつかなさで、徐行運転していても乳色の海に溺れそうな心もとなさである。

「ケンちゃん、あんたの腕に一家の命がかかってるんやからね」

背後から母親にいわれて、健一は「おかあさん、そんなこといわれたら、よけいに緊張するやないで」と苦笑している。

おそらく入社を目前にした健一のいまの心境も、この霧の中を行くのに似ているのではあるまいかという連想が松下センセの胸中をよぎっている。

彼が選んだ仕事は薬品会社のプロパーで、要するに病院廻りの薬のセールスマンなのだ。不愛想で佶屈《きっくつ》な松下センセには絶対に勤まらない外交の仕事だから、健一のこれからの困難ばかりが想像されるのだが、一方でこの息子には向いているのかも知れないという期待もある。親とは正反対に誰からも好かれる明るい若者で、なめらかな口舌の徒ではないが長い目ではその方が信頼されるだろう。

サラリーマン経験のまったくない父の方が、過剰に心配しているだけのことかも知れない。いずれにしてもこれからは息子が自分で切り拓いていく道なのだから、父たる者がどうしてやれるものでもない。

「ケンくんよ。おまえが生まれるとき、おれはとっても不安だったんだ。病気ばかりしているおれの子だから、元気な子が生まれるとは思えなかったんだ。おまえが元気に生まれたときは、何かにむかって祈りたいほど嬉しかったよ。おまえたち三人ともが元気に生まれてここまで育ったのも、ひとえにおかあさんのおかげだ。せいぜいおかあさんに感謝するんだな」

松下センセ、この旅ではしきりに何かを息子たちに伝えたい気分なのだが、それが具体的には何なのか分らない。

「それはおかあさんに感謝してるけどさ、欲をいえば杏子はおとうさんの頭をもらいたかったな。そうやったら、勉強も苦労せんでいいのにな」

杏子がすかさず口をとがらした。

「わるかったわね、おかあさんの悪い頭で」

後部座席の真ん中に座る細君が、急カーブに身体を杏子の方に傾けながら浴びせると、

「ひがまない、ひがまない。おかあさんをうらんでるんじゃないから。世の中はそんなに何もかもうまくいかないんだから」と、杏子はませた口調で軽くいなした。

霧の幾曲がりを抜けて久住高原に出たあたりで、なんと薄陽が差してきて杏子の声がはじけた。

「ほらっ、やっぱり杏子の勘が当たったやないの！」

自動車を止め五人は高原に降り立った。まだ枯野が続く高原にはさすがに人出もまばらで父と二人の息子は並んで立小便をしたが、三人の小便は高原の強い風に吹かれてなびいた。

「かあちゃんにも高原の風景を見せればいい」

松下センセに促されて細君はうなずき、バッグから母の写真を取り出した。昨年五月の葬儀に飾った母の遺影の原版カラー写真に厚い台紙を添えてビニールに包み、細君はどこに出かけるときもバッグにしのばせているのだ。

「かあちゃん、みんなで久住高原に来てるんよ」

細君は母の写真を胸の高さに持ち、雄大な風景に向かって身体を三六〇度回転してみせた。

南阿蘇国民休暇村に着いた夕刻にはまた雨となっていた。

夕食の卓で、五人それぞれのいまとりあえずの願いを述べて乾盃をしようということにする。まず健一の願いから——

「早く仕事に慣れますように。配属先が西日本管内になりますように。やめたい気持になっても、なんとか根性で乗り切れますように」

続いて歓。

「ええっと……進級できますように」

「なんだと⁉」

松下センセはびっくりして声をあげてしまう。

「おまえはまた進級できそうにないのか！」

「いやまあ大丈夫とは思うけど……ちょっと不安が……」

「進級できないときの覚悟はできてるだろうな」

「うん、覚悟はしてる」

一年から二年に進級するときも同じような不安があって、そのとき松下センセは万一の場合は即退学だといい渡している。現実に奨学金が打ち切られるのだから大学を続けるわけにはいかないのだ。

どうもこの息子は寮の仲間づきあいがよすぎるようで、遊びの方に忙しいとみえる。オートバイのスピード違反では、もう四回も罰金を取られている。（旅行から帰った翌日、寮に残っている友達から電話で「カンくん、進級できてるぞ」という知らせが入った）

さて、杏子の願いは――

「二年生になってレギュラーに選ばれますように」といって、「むり、むり」と兄たちにはやし立てられる。二年生になるとテニス部は正選手とそうでない者に分けられるのだが、小さな杏子ではやはりむりかも知れない。そのときの落胆がいまから思いやられる。

「おかあさんの願いは?」

「そうなあ……みんなが健康なら……」

「だめだめ、そんなのは。もっと自分の願いをいいないちゃ」

三人の子らから一斉に抗議が出る。

「うーん……じゃあね……夢の中でかあちゃんと話したい」

「それなら、おれだって願ってるよ。もっと現実的な夢はないのか」

「じゃあ、おとうさんといつか北海道を旅行したいな」

「よーし、ぼくがボーナスを貰えるようになったら、その旅行をプレゼントするよ」

健一がおどけた口調でいう。

「最後におとうさんの願いだが……ちょっと切実だな。ま、今年はなんとかなるんだが、来年の生活費をなんとか稼げますようにということだな」

「もしお金を稼げんやったら、どうなるの?」

杏子に聞かれて、甲斐性のない父の返答はまことにおぼつかない。

「さあ……どうなるんだろうな。天の助けを祈るしかないな」

「作家なんて、やめればいいのに」

「いまさらおとうさんは他のことはできないもんなあ。――ま、みんなの願いが出そろったところで、その実現に向けて乾盃しよう」

「カンパーイ」と五人の声が揃って、ワイングラスをカチカチと鳴らし合う。

雨に降りこめられた山の中の宿で、その夜松下センセは三人の子らとトランプの賭けに興じることになった。勝負に弱い細君は最初から棄権して傍で見ていたが、「アト一」というスピーディなゲームでなかなかスリルがあって面白い。一ゲーム五〇円の賭けなのに、今度こそ今度こそとむきになっていくうちに、松下センセの負けは五〇〇〇円を超えてしまった。ほとんど一人勝ちしたのが歓である。

「さては、おまえは寮でこんなことばっかりやってるんだな。進級のおぼつかないのも、そのせいだな。まさか友達から巻き上げてるんじゃなかろうな」

「いや、ほんの遊びなんよ」

歓はニヤニヤしている。

午前一時を過ぎて五つの布団を敷き並べたが、それからしばらくは三人の子らの枕投げが続いた。こんな光景も最後かも知れぬという感傷が、またしても松下センセの胸中を浸している。


（一九九一・四）

八　結構な御身分ですねえ

「結構な御身分ですねえ」

細君と一緒に飼犬のランを連れて散歩に出る途中で、そんな言葉を掛けられることがある。松下センセも細君も、黙って微笑を返すのみ。

二人で散歩に出るのが午後四時頃からでまだ人々の立ち働いている明るい時刻なのだから、そういわれれば一言もない。夕刻五時半位まで待てばそれほど目立たないのかも知れないが、それでは細君の夕食の用意が遅れることになる。なにしろ、松下センセと細君の散歩は短くても一時間、長いときには二時間を超えたりするものだから。

いや、「結構な御身分ですねえ」といわれるのは、必ずしも散歩に出る時刻のせいだけではなく夫婦二人揃ってということもあるのかも知れない。だいたいが犬の散歩は一人でやるのが普通で、松下センセと細君みたいにいつも二人というのが例外で、そのことも「結構な御身分ですねえ」といわれる意味に含まれているようである。

川辺に降りれば、もうそんなに人に会うことはないからほっとする。城垣の下から川辺に降りると、堤防沿いに少し上流の方へとさかのぼって〝いつもの場所〟へと歩くのだ。得さんが仕入れに通う魚市場のすぐ下にあたる河川敷が松下センセと細君の独占する〝いつもの場所〟で、ここでランを解き放ち二人は川辺の草を敷いて座り込む。

眼の前の対岸がもう福岡県側だが、二人が座っている所からはこの山国川河口の中央を扼《やく》している三角洲の、その三角の頂点にあたる部分が声の届くほどの近さにある。山国川はこの三角洲の頂きの部分で分けられ、二つの流れとなって周防灘へと注ぐのだ。小祝と呼ばれるこの三角洲の小さな島が細君の里である。

二人の散歩が一時間以上もかかるのは、この〝いつもの場所〟に座り込んでゆっくりと時間を過ごしているからで、これでは厳密には〝散歩〟とはいえないだろう。

無口な二人のことだから特に何かを話し合っているわけではなく、眼の前の風景に眼を遊ばせているという表現が一番ぴったりだろうか。潮が差してきたり引いていったり、瀬がきらめいたり深みが色を変えたり、ときには魚が撥《は》ねたり、そして水鳥たち（季節によってちがうが、カモメ、ウミネコ、コアジサシ、カモ、シラサギ、セキレイ、シギ、カイツブリなど）が流れに浮かんだり、いっせいに飛び立ったり群舞したり、ツバメが鋭く水面すれすれに横切ったりといった絶え間ない変化は、いつまで見ていても飽きることがない。

ときには磧《かわら》まで降りて行って、細君が用意してきたパン屑を流れの空に向かって放ることもある。たちまち群れてくるカモメやウミネコが鋭い声を響かせながらパン屑を奪い合って乱舞し、急降下し上昇するさまは青い空と青い水をバックにして爽快な光景を現出する。この時期のカモメは、頭の黒い幼鳥がふえている。ランが自分にもパン屑を呉れと騒いで流れに入って行こうとする。

パン屑を放る細君を前景に、その背景に乱れ舞う白い水鳥たちを何度かカメラで狙ってはみたのだが、松下センセの写真技術では眼前に展開する躍動感をまったくとらえきれない。

「もっとパンを持ってくればよかったなあ」

空に向かって最後のパン屑を放り投げた細君が、いつも最後にそう呟く。

やがて夕空に、川上から鉄橋を越えて次々とカモメの群れが帰って来る光景も美しいものだ。小祝島の上空を越えて周防灘の方へと帰って行くのだが、水鳥たちが夜をどこで過ごすのかを松下センセは知らない。

「かあちゃんには、こんな時間をもたせてやれんやったなあ……」

細君が嘆いて呟くことがある。眼の前の三角洲の小さな路地裏で店番に明け暮れて生涯を終えた細君の母を思うと、人それぞれに負う運命が切なくてならない。

その母の一周忌が五月十二日なので、もう来月に迫っている。今年は母の命日と〝母の日〟が重なることになった。松下センセ自身の母の命日は五月八日なので、こちらも〝母

の日〟と重なる年がある。(五月一日が日曜の年がそうだ)

「結構な御身分ですねえ」と声を掛ける人が、もし松下センセの暮らしの内実を知ったら、二度とそんな言葉は口にしなくなるだろう。あなたと入れかわりましょうかと松下センセが誘っても、いえ、とんでもありません、まっぴらごめんですと激しく首を振るに違いない。

それはそうだ、誰だって失業者にはなりたくないだろう。松下センセ、いまや実態は失業者なのだ。とにかく、当てにできる収入が皆無である。作品を書いていないのだからこうなるのも当然で、自業自得のなりゆきというしかない。

ノンフィクションというのは、題材との出遇いで勝負が決まるようなところがあって、そういう運命的な出遇いがなければどうにもならないものなのだ。殊に松下センセの場合は題材への好みが偏していて、よほど自分好みでなければ書く気を起こさないときているから、いよいよ題材との出遇いもせばめられてしまう。

いや、そういう題材を発見することこそが、ノンフィクション作家の才能の重要な部分だと指摘されれば確かにそうかも知れず、深くうなだれざるをえない。もともとが生来の弱気で、自ら突進して割り込んでいくといった積極性に欠けているのだから題材発見も無理というものだ。これまでまがりなりにもノンフィクションを書いてきたということが自分でも不思議である。

というわけで、もっか松下センセは何の仕事もしていない。もう何カ月にもわたってお金になる文章を一行も書いていないのだから、実態としては失業者となんら変わらないわけだ。

「結構な御身分」の内実がこれである。

〝いつもの場所〟に座り込んで、眼前の光景に眼を遊ばせながら、よく二人はこんな会話を交している。

「そろそろ、何か思いがけない収入がこないもんかなあ」

「きっと近いうちに思いがけない収入がくるような気がするわあ」

なにしろ、確実に当てにできる収入は何もないのだから、あとはもう思いがけない収入を期待するしかないわけで、これはもう雲をつかむような話には違いない。それでも不思議なもので、そういう思ってもいない収入がときどき舞い込んでくれるのである。

最近での思ってもみなかった収入を披露すれば、まず講談社文庫『潮風の町』四刷の通知がある。

「草の根通信」で、絶版寸前の『潮風の町』を助けて下さいと訴えたのは昨年の十月であった。発行から五年を経て一度も増刷にならぬまま絶版の運命を目前にしていたこの本を、なんとか生き延びさせられないものかと願った松下センセは、著者がそっくり買い上げるからという相談を講談社に持ちかけて二刷千部を発行してもらい、それを皆さんに買って下さいと訴えたのだった。

皆さんからは思いがけないほどの御注文をいただき千部では足りなくなったので、更に三刷を講談社と交渉し千五百部を追加発行してもらうという嬉しいなりゆきとなった。このときは九百部を著者が引き取り、あとの六百部を講談社に在庫として残し、長い間の〈品切れ〉を解消してもらうという約束であった。

そこまでが著者としての精一杯の抵抗であった。在庫六百部が売れてしまうには五年も六年もかかるだろうし、そのあとは間違いなく絶版の運命が待っているのだが、それはもうやむをえないことだと諦めていた。

ところが、信じられないことが起きたのだ。なんと半年足らずの間に在庫の六百部が売り切れたらしいのだ。もちろん、今度は著者が買ったのではない。全国の書店で一冊、二冊と売れていったらしい。かくて、思ってもみなかった四刷二千部の通知が届いたのである。手をつかねていれば初刷のまま絶版に終る運命であった一冊の文庫本が、皆さんの協力によって生きかえり思いもかけない四刷にまで至ったというなりゆきにはひとしおの感慨がある。

そして、四刷分の印税六万余円はまさに思いもしなかった収入というわけだ。

少額というなかれ。だいたいが思いがけない収入というのは、こんなふうに五万円前後の額に限られていて、一〇万円などということはまずありえない。たとえ少額とはいえ、思いもしない収入であるだけに二人の喜びも大きいわけで、おのずから気持もつつましくなる。

どうやら松下センセもまったく運から見放されているのではないらしく、こんな思いがけない収入が月に一度か二度は降って湧くのだから不思議だ。（五万円もらえる講演も、一応思いがけない収入に含まれている）

不安や焦りがないといえば嘘になるが、もとより作家などという稼業は、〝書けないときにも耐えうる精神〟がなければやっていられるものではないのだ。たとえ実態は失業者であろうとも、散歩を愉しむ精神を喪わぬ限り松下センセは作家なのである。

ほら、ランが訴えるように鳴き始めている。散歩に出る時刻がきたことをなぜか知っているのだ。

紹介が遅れたがランは四歳のメス犬で、生後間もなく受けた避妊手術のせいか、ぶくぶくと太っている。（一九九一・五）

九　ヒューマンな顔を

「それで、誰がその役をやりますか」

　松下センセは、一同をグルリと見渡した。一同といっても十人しかいない。

「それはやっぱり、松下センセしかいないんじゃないかしら」

　隣りに座る木村京子さんが、にこやかに切り出し、皆の視線が松下センセに集中する。

「いやいや……ごめんこうむります。以前は若気の至りで、そういう役を演じたこともありますが、いまはもう、とてもそんな気恥ずかしいことは……」

　松下センセ、ひたすら辞退する。

　農民会館（福岡市）の畳の広間で開かれているのは、翌日の九州電力株主総会に備えての打ち合わせ会議である。原発反対派を中心とする百株株主が「株主の会」を結成して九州電力の株主総会に出席し始めたのは一九八三年からで、もう十年近くも続いている。社長をはじめとする経営陣に直接意見をいえるのは、株主総会の場しかないのだ。

　打ち合わせの会議は第3号議案の「修正動議」を誰が提案するかを決めようとする段に

なって難航している。

第3号議案というのは、「取締役全員任期満了につき24名選任について」となっていて、これに対し反原発派は現会長・社長らを解任し、こちら側の人材を送り込もうという「修正案」を総会の場で出そうという計画である。

大九州電力の会長や社長に立候補表明をするのだから、まさにパロディで、いささかでも気恥ずかしさや照れが頭をもたげたのではサマにならない。あくまでも大真面目に堂々と朗々と名乗りをあげるのでなければならない。気弱で照れ屋の松下センセにつとまる役ではない。

「ここはやっぱり京子さん、あなたの出番じゃないですかね。こんなことを堂々と朗々とやれるのは、あなたしかいませんよ」

木村京子さんは往年の九州大学全共闘の渦中にいた人で、いまも志をまげずに市民運動のよき同志である。

松下センセからエールを返されて、京子さんはにわかに〝はじらう乙女〟のようなポーズをとった。

「松下センセにできないようなことが、どうして私如きに……」

「だって、あなたはもう二回も選挙で顔をさらしているんだから――」

松下センセがいい終らぬうちに〝はじらう乙女〟の表情が鋭く一変した。

「ま、なんてひどいことを！　私がどんな気恥ずかしさに耐えて、候補者の役を演じていたかが、あなたにはわからないんですかッ」

松下センセ、慌てて京子さんから視線をそらし一同を再び見渡したが、こういうことを演じられそうな役者は見当たらない。

そのとき、一人の男の名が浮かんだ。

「いました、いましたよ。こんなことを照れもせずにやれる人がいます。大分の小坂正則さんなら、喜んでやってくれますよ。今晩は来てないけど、あすの総会には出席すると連絡をもらってますから」

「そうよねえ、あの人ならやりそうだわね」

機嫌を直して京子さんもうなずき、皆も賛同している。

早速そのことを連絡しておこうと電話を入れるが、夜勤らしくて本人に通じないままに、株主総会の朝を迎えることになった。

小坂さんはバスで福岡にむかったとのことで、どうやら総会開始ぎりぎりにしか着かないとわかり、伊藤ルイさんにその役をかわっていただこうかと思うのだが、そのルイさんもなぜか到着が遅れている。松下センセは、会場前でやきもきしていた。

そのとき、オートバイにまたがって到着した男がいる。ヘルメットをぬいで素顔をみせた瞬間、思わず松下センセと木村京子さんと清水満さんの三人は顔を見合わせていた。三人の視線にパチパチと火花が散る。なんとまあ、こんな役に一番ふさわしい役者を忘れていたなあという驚きの火花である。

三森正啓。福岡市内の専門学校講師だが、労組を結成したために経営者と対立してクビになり、解雇撤回闘争を続けている。かつて玄海原発増設問題をめぐって、玄海町議会に乱入したとして逮捕されたことがあり、それが解雇理由にあげつらわれているほどの反原発派でもある。

松下センセ、やおら寄って行った。

「実は昨夜の会議で、あなたにやっていただきたい役が一つ振り当てられましてね——」

当方から九電経営陣に四名を送り込む「修正動議」を提案する役について説明する。

「そうですか。ぼくは今日はソーメンを売るつもりできたんですが、いいですよ、やりましょう」

突然のことなのに、三森さんはまったくたじろがない。

彼はいま、解雇撤回闘争の資金集めに小豆島ソーメンを売り廻っていて、この日も総会後の九電玄関前で堂々とハンドマイクでソーメン宣伝をやってのけたものだ。

「それで、こちらから出す四人は誰と誰なんです」

「あ、その人選も三森さんにまかせますわ、誰が社長に任命されても、うらみっこなしよ」

　京子さんが横から口を出す。

「そうかあ……このぼくが九電社長の任命権を握っているのか」

　ソーメンをほそぼそと売る男は、突然大九州電力のトップ人事をつかさどるフィクサーに変身して、満更でもない表情である。

　第3号議案の審議は、株主総会も終りに近い時刻になる。

「それでは第3号議案についてのご審議をお願いします」と議長（渡辺社長）が述べたところで、間髪を入れずに三森さんが「議長、修正動議があります」と声を響かせて、指名される。

「入場票番号○○○、株主三森正啓です。

　私は、現経営陣をふさわしくないと思っていますので、本当なら二十四名全員に退任していただきたいのですが、とりあえず、川合会長、渡辺社長、白石副社長、大野副社長の四名には退任していただいて、あとで私が推せんする四名と交代していただきたい。

　なぜ、これら四名が経営陣としてふさわしくないかの理由を最初に述べます。社会的責任の大きい大企業の経営者は決して嘘つきであってはならないと思うのであります。二枚舌を使うようなことがあってはならない。

先程からの営業報告などを聴いておりますと、『ヒューマンな企業』だとか、『環境にやさしい』とかいう言葉があたかも当社の最重要モットーのように語られているのでありますが、その一方で原発の推進が臆面もなく打ち出されています。最もアンチ・ヒューマンであり、最も地球を汚染する原発を推進しながら、美辞麗句のモットーを口にしているのは、あきらかに二枚舌であり、嘘つきであります。しかもそのことをいささかも恥じていないという良心の麻痺が見られます。

そこでこのような方々にはすみやかに退陣していただいて、次の四名に交代していただきたい。

まず、九電会長に伊藤ルイさん、社長に松下竜一さん、副社長に平井孝治さん、清水満さん、この四名であります。この四名が、いかに九電経営陣にふさわしいかを述べたいと思います。(「そんなの、聞きたくないぞ」の野次)

私は正直にいいますが、九電株主総会は十年前に較べれば、ずいぶん民主的になってきたと思います。私もそのことを認めます。

このように九電株主総会が、ある程度ながら民主化されてきたのも、ここに推せんした四名の貢献が多大であったからであります。この四名は毎回株主総会に出席して、その運営の民主化のために孤軍奮闘してきたことは、出席の皆さまもよく御存知の通りであります。(「騒がせてきたばかりだぞ」の野次)

あるいはまた、株主権裁判を闘うことによって、株主総会の民主化を促してきたのでもあります。(「敗けたじゃないか」の野次)

私どもが新社長におします松下竜一氏は、一九七二年の豊前火力反対運動(注)以来、一貫した『暗闇の思想』をかかげ九州電力の本来歩むべき道を指し示してきている人物で、まことに新社長にふさわしいと自負しております。

作家として大成する道を捨て、いまも無名作家として貧困にあえぎながら、信念をいささかもまげない松下氏のような人物こそ、九州電力社長にふさわしいと思います。(「三文作家、ひっこめ」の野次)

ここで、会場の全株主の皆さんにお約束したいと思います。伊藤ルイさんも松下竜一氏も、いたって貧しい生活を送っていますので、もし社長になりましても、現社長の報酬の十分の一以下、いや二十分の一以下でも充分なのであります。これは会社にとっては経費の大きな削減であり、株主にとっての利益にもなることです。

さて、最後にもう一つ理由を述べたいと思います。先ほどから引用していますように、当社は『ヒューマンな九州を創る企業体』をモットーに掲げているわけですが、それにしては、いま壇上に並んでおられる経営陣の人相を見ますに、いっこうにヒューマンなお顔が見当たりません。

一方、私が推せんします四名は、まことにヒューマンな相貌をしていまして、当社のモットーに最もふさわしいと思われます。会社の顔は社会的信用にかかわる重要な要素でありますから、御考慮いただきたいと思います。

以上、修正案を提案します」

圧倒的多数で否決され、松下センセが九州電力社長になりそこねたこと、いうまでもない。（一九九一・七）

（注）福岡県豊前市の海岸を埋めて建設される火力発電所に反対して、松下センセは一九七二年春から梶原得三郎さんらと反対運動を展開した。七三年八月には建設差止訴訟を本人訴訟で提訴。最高裁で敗訴が確定するまでに十二年間の裁判闘争となる。

十　真夜中のホテルで

この夢のゾクゾクするこわさを、どう説明できるだろう。文章を書くことが仕事の松下センセでありながら、この夢の不気味なイメージをありありと再現してみせることなどとうていできそうもない。

恐怖のあまりに目覚めてしまったのだが、その覚め際の残像ならわずかに説明できそうだ。

宙空高く一本のワイヤーが張り渡されていて、白衣の女がちょうど十字架にかけられたように伸ばした両袖にワイヤーを通して宙吊りになったまま、ゆっくりと移動していくのだ。白衣というのは江戸時代あたりの処刑者が着せられた不吉な衣裳で、女の髪もざんばらに乱れてなびいている。しかし彼女は処刑されようとしているのではなく、この空中移動は自らがいま犯したばかりの殺人現場から逃走してゆく大トリックなのだ。

さながら横溝正史の作品世界に通じるようなおどろなシーンなのだが、こういうイメージをいくら説明してみても、このとき松下センセが襲われている恐怖の万分の一も伝わりはしないだろう。

午前二時、松下センセは悪夢から覚めたホテルの一室で恐怖におののいている。部屋中の明かりはすべてつけ放しているのだが、それでいささかも恐怖が薄らぐわけではない。

こわい、とにかくこわい……。

このところ何年も症状が起きないままに、松下センセはその〝ビョーキ〟を克服できたと思っていたのだが、そうではなかったのだ。

この〝いわれ〟のない恐怖というのは、やはり〝ビョーキ〟と考えなければ説明はつかないだろう。

松下センセは、夜一人の部屋で寝ると悪夢にさいなまれるのだ。自宅ですら一人で寝ることができないのだから、これはもう異常な症状といわねばならないのだろう。若い頃からずっとそうなのだった。

作家に転身して自由に動き廻るようになり、一人でホテルに泊まる機会が多くなったときから、松下センセにとってこれは深刻な悩みとなった。しかも、誰に打明けてみても笑われるか呆れられるだけで、いっこうに同情すら買わない。冗談みたいにしか受けとめられないのだ。

なぜこわいのかを合理的に説明できないのだから、他人の理解は求めようもない。たとえば、一人で居て誰かから襲われそうだというような現実的な不安や恐怖ではないのだから始末が悪い。もっとおぼろげで底知れぬ不条理なこわさとでもいえばいいだろうか。

ホテルの部屋の明かりをつけ放し、窓のカーテンも開いて外が見えるようにして寝るのだが（さよう、外が見える方が安心できるということは、一種の閉所恐怖症なのだろうか）、潜在的不安のせいかどうしても眠りは浅くなり、たちまちこわい夢にうなされて目覚めてしまうのだ。そのまま夜通し起きて過ごしたことも幾夜となくある。

それでもやはり慣れというものだろうか。ホテルに泊まってもこの数年間はそういう症状も起きないままに、ついに松下センセもこの奇妙な〝ビョーキ〟を克服できたと思っていたのだが……。

どうも松下センセには、ほかにも奇妙な〝ビョーキ〟があるらしい。

たとえば、落語の〝まんじゅうこわい〟のように、白い粉をまぶした餅を見ると身の毛がよだつ思いをする。黄粉をまぶした物なら平気なのに、白い粉をまぶした餅や大福餅となるとゾッとなるのだから、これもやはり〝ビョーキ〟の一種だろう。

白い粉で口のまわりを汚しながら平気で大福餅をパクついている人を見ると、別人種を見ているような驚きがある。どうしても食べなければならないときには、眼をつむり箸でつまんで餅をお茶に漬け、白い粉を充分に洗い落としてからでないと口にはもっていけない。白い粉さえついていなければ、餅そのものはきらいではないのだ。

なぜそうなのかと問われても、これまた合理的な説明がつかない。生理的に受けつけないのだというしかない。梶原得三郎さんなどは、何か特別な幼時体験のせいではないかというのだが、まさか幼い日に頭からメリケン粉を浴びせられてまっ白になって泣き叫んだという記憶もないのだし、幼時体験説で自らを納得させることもできない。

まあそれでも、白い粉をまぶした餅におびえるということでは、さして人生に障害になるわけではないが、ホテルの部屋で真夜中に目覚めて悪夢からの続きの〝いわれ〟のない恐怖におののいているのは、松下センセの人生に大いに障害をきたしているといわねばならぬ。少なくとも翌日の体調にひびいてくることは確かである。

午前二時を過ぎたホテルの部屋で、松下センセの恐怖はいっこうに薄れようとしない。部屋を飛び出したい衝動に駆られるが、真夜中とあってはそれもならぬ。

とうとう、家へのダイヤルを廻す。しばらく鳴り続けてから、ようやく細君の声が答える。

「どうしたの？　いまごろ」

眠りから呼び起こされた細君の声に不安がにじんでいる。

「こわい夢をみて眠れんのだ」

「なーんね。びっくりするやないの。また急に下血でもしたんかと思ったわ」

これまで松下センセの喀血と下血はしばしば突発的に起きているので、細君がドキッとしたのもむりはない。

「気持の落ち着くまで、話相手になってくれ」

「いいけど……」

細君の語尾が笑っている。もともと言葉数の少ない細君が、真夜中に呼び起こされて何か会話をとのぞまれているのだ。

「どうだ、カンたちは帰ったのか」

「うん。お昼を一緒に食べないかちゅうて電話で呼び出されて、三人で食事して午後の電車で帰って行ったわ」

福山大学在学中の次男がガールフレンドを連れて中津に来ていたのだが、このところ外出続きの松下センセはすれ違いで顔を合わせていない。

「おれには、あいつがガールフレンドと会話したりしている光景がどうしても想像できんよ」

親の前ではひどく無口な子なのだが、外では案外違った素顔を見せているのだろうか。中津に帰りながら自宅には泊まらずに、駅前のホテルのツインを取ったという積極性が意外でならない。

「女のこととなると積極的になるのは、やっぱり松下家の血筋なのかなあ」

「うん、うちもそう思ったわあ。カンちゃんもあんたの血を引いてるんよ」

「………」

松下センセ、多少憮然とした沈黙をはさむ。

「あ、それからバンドのことなんやけど、やっぱり杏子ちゃんのいうのが正しかったわ。町に出たついでに何人も男の人を観察したら、あんたがまちがってるわ」

突然思い出したように、細君はバンドの話を持ち出した。

数日前のことだが、松下センセがズボンにバンドを通すのを見ていた杏子が、「おとうさん、バンドのしめかたが反対よ」といいだした。松下センセはいつもバンドをズボンに通すとき、右まわりに通していくのだが、それは逆なのだという杏子の指摘なのだ。

これまで何十年も右まわりにバンドを通していて、一度も「それは逆よ」という指摘を受けたことのない松下センセはびっくりしてしまった。細君も気になったのか、町で見かける男たちの腹のあたりをひそかに観察したのらしい。

「いま、ちょっとバンドを見てみて。バックルに何か字が入ってたら、その字がさかさまになってるはずよ」

細君に促されて、松下センセはベッドの脇の床に無造作にぬぎ捨ててあるズボン（こういう片付けをまったくしないので）を拾い上げ、やおらメガネをかけてバックルを覗き込んだ。これまでバンドのバックルなど注視したことはなかったのだが、なんと松下センセのバンドのバックルに刻まれている文字は、あの美男俳優アラン・ドロンの名だった。そして、細君の指摘通りアラン・ドロンの名がさかさまになっている。

「いやあ、おどろいたなあ。おれはこれまで全然気づかずに何十年もバンドを逆まわりでしめてたんだ」

それは、ちょっとしたショックだった。

松下センセには、夜を一人で眠れなかったり、白い粉をまぶした餅に身ぶるいしたり、細君と三日と離れていられなかったり、いろいろと〝変わった〟ところがあるらしいことは自覚していたのだが、まさかバンドまで逆にしめているのだとは知らなかった。

　このぶんでいくと、ひょっとして自分では気づかぬままに（そして誰も指摘してくれぬままに）まだまだ〝変わった癖〟をもっているのではあるまいか。

「しかし、もういまさらおれはバンドのしめかたを逆に変えたりはしないぞ。いまのしめかたで何も不都合はないんだ。たとえ世間が一人残らず左まわりにしめていても、おれは一人で右まわりを通すからな」

　松下センセ、なぜともなくいきり立っている。

「うん、それでいいんよ。その方があんたらしいわ」

　なんでも松下センセに寄り添ってくれる細君なのだ。こんなふうにとめどなく細君に甘やかされて、松下センセはダメになったという人もいるが、まあ勝手にいわせておく。

「もうこのまま眠れそうにないし……今日の講演がないんだったら、一番電車に飛び乗って帰るんだけどなあ」

「少しでも眠らんとダメよ。うちのことばっかり思いよったら眠れるんやないの？」

　松下センセの不安と恐怖をかき消そうとして、細君は電話の声をせいいっぱい甘くうるませている。

「そうだな。そうしよう。おまえのことばっかり思いながら、もう一度眠る努力をしてみよう」

今日午前中の講演では、人々に勇気と励ましを与えるような話をしてほしいと主催者から注文をつけられている。人々に勇気と励ましを与えようという当の講師が、いま真夜中のホテルで悪夢におののきながら細君に助けを求めているなどと、誰が想像するだろうか。

「うちがまじないをしてあげる。――コワイユメコワイユメ、トンデイケ！――もう、これで大丈夫よ」

「そうか……すなおな心になって眠ってみるよ。おやすみ」

「おやすみ」

松下センセ、そっと受話器を置く。

（一九九一・九）

十一　おさなともだち

いまのうっとうしい顔をした松下センセしか知らない読者には想像もつかないことだろうが、少年期の松下センセはヒョーキンさで鳴らした人気者だったのだ。小・中学校を通していつも学年で一番のチビッコだったが、「竜一ちゃん」と呼ばれて級友の誰からも好かれるマスコット的存在だった。喧嘩は一番弱いはずだったが、「竜一ちゃん」に手を出す者などいなかった。

そんな明朗な性格が一気に暗転するのは高校に入ってからで、それ以来いまに至るまでついに二度とあの快活な表情が戻ることはなかった。（いったいあの少年期はなんだったのだろうと、松下センセにも不思議でならない）

だから、松下センセをつかまえていまでも「竜一ちゃん」と呼んでくれるのは小・中学時代の級友ときまっていて、高校時代に知り合った級友からそんな呼ばれ方をすることはない。

好べえという女の同級生がいる。中学と高校の同窓会で顔を合わせるだけだから、せいぜい二年に一度くらいの触れ合いなのだが、「竜一ちゃん」と呼んでくれる数少ない女友達の一人だ。ありがたいというべきか困ったというべきか、同窓会の宴が盛り上ってくると好べえは隣りに移って来て松下センセを独占することになっている。

「竜一ちゃんとわたしはね、幼稚園からの友達なんやからね。ちっちゃな竜一ちゃんをいつもかばってあげたんやからね」

そう宣言して、他の女性を寄せつけない。いまではもうそれが級友間では公認されてしまって、好べえ以外の女性は松下センセに近づこうともしない。おたがい五十四歳になったいまも、好べえは松下センセを世間の何かからかばってくれようとしている。

好べえはすでに中学時代からバストのゆたかさで男子のあこがれのマドンナだったが、そういうアネゴ肌の気質もいっこうに薄れてはいないようだ。福岡市で小さなスナックを営んで三十年近いという。

「竜一ちゃんは、いつも来る来るというばかりで、一度も来てくれんやないの。今度、開店以来はじめての改装をするんだから、オープンの日にはきっと来てよね。約束よ」

好べえと指きりさせられたのは、今年八月に集まった中学の同窓会の二次会から抜け出して、二人で座った深夜の公園のベンチでだった。

裁判や集会で福岡市にはよく出かける松下センセだが、これまで一度も彼女のスナックに顔を出していない。薄情といえば薄情だが、もともと飲みに行くという習慣をもたない者にとっては一人でスナックに顔を出すというのはひどくおっくうなものだ。

「今度はほんとに行くからね」

松下センセがきっぱりというと、「ワー、嬉しい」と声をはずませた彼女が、突然中学校の校歌を声低く歌い始めた。福沢諭吉の旧邸前で深夜に聴く往年の校歌が、なんだか妙に心に沁みるのだった。

「急なことだけど、五日にオープンときまったの。台風続きで工事が遅れて予定が立たなかったのよ。――竜一ちゃん、来てもらえる?」

好べえから電話がかかって来たのが十月二日だった。慌てて手帳を繰ると、うまいぐあいにその土曜日が空いている。「行きますよ」と答えると、彼女が歓声をあげた。

「大切な常連客十数人しか呼ばないから、気がねしなくていいんよ。みんな竜一ちゃんのファンなんだから、きっとびっくりよ。最高のオープンになるわ」

好べえの営むスナック〝茂奈古〟（モナコ）は、南福岡駅から歩いて五分の距離だという。

十月五日午後六時、松下センセが顔を出したとき、新装〝茂奈古〟にはすでに二人の先客がいた。いずれも松下センセより年輩者と見えたのも道理、この店の開店以来の常連客なのだという。さっそく、その二人の先客が両脇に座った。

「松下センセ、いつも御本を贈っていただいて、ありがとうございます。一度は直接お目にかかってお礼をいわねばと思っていましたから、こんな嬉しいことはありません。センセがみえるというんで、わたしらもう四時から来て飲んでましてね」

二人からビールをつがれながら、松下センセは内心あっと声をあげていた。好べえは松下センセの新刊が出るたびに客に買わせるのだといって十冊ずつ注文してくれるのだが、実は松下センセからの贈り物として配ってくれていたのだ。（しかも彼女は、十冊の本代に五万円も払ってくれたことがある）

こういうことだったんだね……といった視線をカウンターの中の好べえに向けると、彼女は軽くウインクを返した。真相は伏せててねということらしい。

やがて福岡在住の同級生が三人集まってきた。十数年も会っていない者もいて、さすがになつかしい。渡された名刺はいずれももう取締役などの肩書きつきで、それにふさわしい貫禄をそれぞれにみせている。彼らには、五十四歳にもなりながらいまだに来年の生活におびえている松下センセの窮状など想像もつかないだろうなと思うと、なんとなくくすぐったい。知名度だけは高い松下センセなのに、今年の年収が一七〇万円（十二月までを見込んでも）だという実態を知ったら、あっけにとられるだろう。

「それでは竜一ちゃんにカガミびらきをおねがいします」

好べえにうながされて、薦かぶりの松竹梅の樽に松下センセは木槌をエイッと振りおろした。その瞬間、めでたく蓋が割れるはずなのに、どうしたわけかびくともしない。非力のせいかとあせった松下センセは再度全身の力をこめてエイヤッと振りおろしたが、堅い木の音がはね返されただけ。

さあ、それからは皆が寄ってたかって叩き続けるが、いっこうに蓋が割れる気配はない。なんという頑丈さだろう。とうとう酒屋までが呼び出されて、彼はハンマーでこじあけようとするがそれでも成功しない。やむなく樽を締めているタガの内、上の二本を切り離してようやく蓋を取り除いたが、そのとたんに「あーっ、酒がもれてる！」という悲鳴があがった。タガをはずしたために樽がゆるみ、酒がどんどんこぼれ出ているのだ。

「いいの、いいの。酒びたしになるのもおめでたいわよ」

好べえは少しも慌てずに笑っていた。


帰る松下センセを、好べえが駅まで送るといってきかない。

「いいよ。道はわかってるんだから。みんなをほうってたらいけないよ」

「いいの、いいの。うちはお客が勝手にやる店なんだから。駅までくらい送らせてよ」

いつの間にか少し酔っている好べえは、松下センセの腕をしっかりと取ってはなさない。夜の十時前、まだ人通りの賑やかな駅前を和服姿の好べえにぴったりと寄り添われて歩くのが、なんとも照れくさい。

「あらっ、竜一ちゃん。いつの間にこんなに大きくなったの?」

並んで歩きながら好べえが頓狂なことをいう。どうやら彼女の中では、あの学年一のチビッコ「竜一ちゃん」がそのまま存在しているらしい。

「竜一ちゃん、苦しくても負けたらだめよ。わたしだって負けないんだからね——わたしにとっては竜一ちゃんが〝希望の星〟なんよ。ああ、竜一ちゃんががんばってると思って、自分をはげましてるんだから」

好べえは立ち止まって、松下センセの顔を正面からひたとみつめるのだ。好べえが何に負けるなといっているのかはわからないが、ジーンと伝わってくるものがある。彼女は本当にがんばっているのだ。毎日スイミングで身体を鍛えているという。

「うん、おれもがんばるよ。今年は一冊も本を出せなかったけど、来年は必ず出すからね」

南福岡駅で別れるとき、好べえが帯の間から祝儀袋を出して松下センセの手にそっと握らせる。

「こんな遠くまで電車賃を使わせてわるかったわね。車代を取っておいてね」

「おれの方が御祝儀を持ってこなければいけないのに、これじゃあ反対になるなあ」

「そんなことないわあ。竜一ちゃんが贈ってくれた花の鉢が嬉しかったわ。わたし、白い花が好きなんだもの。それに、添えてくれたカードがすてきだわ。〝茂奈古よ、都会のオアシスであれ〟って、これからお店の銘にしていくわ」

「さあ、もうほんとにいいよ。早く帰ってあげないとお客さんが帰ってしまうよ」

そういって好べえと別れ、ホームへの階段を渡ったが、タッチの差で博多行きの電車に乗り遅れてしまった。次の電車まで二十分あることを確かめて、松下センセはホームのベンチに座った。

「竜一ちゃーん！」

大きな声で呼ばれて顔を上げると、改札口の方から好べえが手を振りながら駆けて来る。

「竜一ちゃーん！」

着物のすそを乱すようにして名を呼びながら駆けて来る光景は、さながら映画のワンシーンのようで、隣りのホームで待っている者たちがびっくりしたようにいっせいに見ている。とうとう、好べえは階段を渡ってこちらのホームまでやって来た。

「乗りおくれたの？　一緒に待ってあげるね」

「だめだよ。そんなに待たせたら、おれがお客さんからうらまれるよ」

松下センセははらはらしてしまう。

「そんなことというなら、博多駅までついていっちゃうから」

どこまで酔っているのか、からかっているのか、松下センセはとまどうばかり。

「――そうだ。いっそのこと、このまま竜一ちゃんと一緒に中津まで行ってしまおうかな……」

「そんなにおれを困らせないでよ」

「困らせてなんかいません」

好べえがプーッとふくれっ面をしてみせる。

「竜一ちゃん。あなた、ほんとにいい奥さんに恵まれたね。『母よ、生きるべし』を読んでつくづくそう思ったわ。あんな奥さんって、いないわよ。そのことがわかってるの？」

「うん、わかってる」

松下センセはすなおにうなずいた。

「いい奥さんがついてるんだからよけいなことだけど、もし何かのときには好べえを遠慮なくたよるのよ。幼稚園のときからの友達なんだから」

今度も、すなおにうなずいた。

電車が入って来て松下センセが乗り込むと、「竜一ちゃん、今夜はほんとにありがとうございました」と、好べえが改まって頭を下げた。好べえは酔ってなんかいなかったんだと悟ったとき、電車が動き始めていた。

好べえに渡された御車代の祝儀袋には、一〇万円が入っていた。（一九九一・十一）

追記

「竜一ちゃん。わたし、どうしましょう。『草の根通信』の読者という、上品な方が三人も来て下さってるんよ。わたし、どう対応したらいいのか、とまどっちゃって……。竜一ちゃんが、あんなこと書くもんだから」

某夜八時頃、茂奈古（モナコ）の好べえから電話がかかってくる。

「へえ……〝ずいひつ〟を読んで、さっそく行ってくれる人がいたなんて、うれしいなあ。だれたちだろう」

「ちょっと待ってね。いま、かわりますね」

　好べえが電話をかわって、いきなり女性の声が「松下センセ、ずるいですわよ」と浴びせてきた。

「あーっ、Kさんだったの。――いったい、なにがずるいんですか」

「だってね、あの文章のイメージと全然ちがうじゃないですか」

「どんなにちがうんですか」

「あの〝ずいひつ〟を読んだ人はみんな、ちょっとふとっちょの肝っ玉かあさんみたいなママさんを想像したはずですよ。わたしもそんなイメージを抱いたし、いっしょに来てる二人もそう思ってたって。――それがまあ、ぜんぜんイメージがちがって、楚々とした美人のママさんなんだもの、とまどってしまうわ。あの文章のどこにもそんなこと書いてないんだから、松下センセはずるいわよって、三人でくさしてたの」

　そこで、Kさんはちょっと声を落とした。

「――不思議なママさんね。ほんとにこの方、二十年以上も水商売されてたのかしら。あたしたちがきたってことで、ほんとにとまどって、はにかんでるの。なんだか少女みたい……」

　五十四歳のスナックのママさんをつかまえて、少女みたいはないだろう。

再び電話をかわった好べえが、

「ねえ、ほんとにわたしどうしたらいいの？　『草の根通信』の読者って、みなさん問題意識の鋭いインテリなんでしょ。わたしなんか対応できないわ」

「いいんだよ。いつもの好べえ流でやればいいんだから。たぶん、これからも覗きに行く読者がいると思うけど、よろしく頼むね。——ただし、〝竜一ちゃん〟の内幕話は禁句にしてね」

「もちろん、こころえています。——だけど、作家って不思議な才能やねえ。わたしとの会話をぜんぶおぼえてて、あんなふうに再現できるんだもの」

好べえの感嘆ぶりに、松下センセは電話口でふき出してしまった。そんなこと、別に作家でなくったってあたりまえでしょ……といいかけた言葉を吞んで、松下センセの口を突いて出たのは別の言葉だった。

「それは、相手が好べえだからだよ。あなたの一言一句を心で受けとめてるんだから」

二日後の夜、今度は別の女性読者が一人ひっそりとワインを飲んでいったという報告が入った。

十二　痛みの原因は……

にわかに背筋を痛めたらしい。

　ほんのちょっとした動作にも、ウッと悲鳴を洩らすほどの痛みが背中全体に走る。動作を起こす前に、つい痛みに対して身構えなければならない。

「どうしたのかなあ。なにもむりなことをした覚えはないのになあ……」

　松下センセの吐息まじりの疑問に、細君はちょっと考えてから、

「あのせいじゃないの？　ほら、日曜日にマイクを持ったやろ？」という。

「いや、マイクは持ったけど、あのときはそんなに長時間じゃなかったもの」

　三日前の日曜日、松下センセは中津駅南口でハンドマイクを握って情宣行動をしたのだった。

　あろうことか、地元選出の田原隆代議士が宮沢内閣の法務大臣に就任したために（あろうことかというのは、この人はおよそ法務畑とは無縁にきた人なのだ）、「田原法相は死刑執行の印をつかないでほしい」というビラ撒きを、はるばる加勢に来た福岡や松山のメン

バーと得さんとで行なったのだが、松下センセはハンドマイクを右手に持ってひたすら声で訴え続けた。

日頃からペンより重い物は持たない松下センセのことだから、細君が指摘するように、湾岸戦争のときのマイク情宣ではあとで背中の痛みがしばらく残ったものだった。しかし今回のマイク情宣は一時間も続けていないのだから、どうもこの異様に激しい痛みの原因とは考えられないのだ。

「ほかになにかあったかなあ……」

また考え込んだ細君が突然、

「あーっ、わかった！」と大きな声を発して松下センセをまじまじとみつめた。

「ほら、カモメよ！」

「そうかあ、カモメだ！」

松下センセも一瞬にして悟っていた。

マイク情宣をした日曜日は小春日和で、夕刻わざわざパン屑を沢山買い込んできた細君が「カモメにやりにいこうよ」というので、ランを連れていつもの河口に行ったのだった。

河口にカモメが帰って来てもう一カ月以上がたつが、まだ一度もパン屑をやっていない。この日は、何か細君の心をはずませることがあったのかも知れない。

カモメの群れは対岸寄りの洲に降りてひっそりとたむろしていたが、松下センセと細君がこちらの岸辺でパン屑を空中に放り始めたとたん、遠くからめざとく見つけてたちまち群がってきた。数十羽のカモメが入り乱れ急降下し急上昇し、羽ばたきと鳴声をせわしなく交錯させる光景はちょっとした壮観で、松下センセは夢中になって空に向けパン屑をちぎってては投げちぎっては投げし続けた。

中には水面に落ちる前に宙で受けとめるすばやいカモメもいる。急降下して急上昇したのに、うまくパン屑をついばみそこなったのもいる。どのカモメにも一片ずつは投げてやりたいと思うのだが、多分すばやいカモメがいち早くさらって、一片も口にしないドジなカモメもいるのだろう。

「四〇〇円分も買ってきたのに、もうなくなったわ」

投げ尽してしまってから、細君がまだもの足りないように呟いた。現金なもので、もう呉れないと知るとカモメたちはまた向こうの洲に戻って行き、何事もなかったかのようにひっそりとたむろしている。

松下センセが放り続けたのは、せいぜい十分間くらいだったろう。それでも、日頃何の運動もしない（できない）松下センセのことだから、ハアハアと息を切らしてしばらく岸辺に座り込んでしまった。ちょうど豊前の山並みに紅々と夕日の沈むときで、細君も傍に座って夕日に顔を向けると、ランもくっつくようにしておとなしく座っているのがおかしい。

「おもいだすなあ」と、細君が呟く。彼女が何を思い出すといっているのか、その言葉だけで松下センセにはすっとわかる。先日見た玄界灘の夕日を、細君はありありと思い出しているのだ。

十一月二日、迫りくる日米合同軍事演習もなんのその、松下センセ夫妻はあえて旧婚旅行を敢行したのだった。昨年に続いて、今年も梶原夫妻を誘っての合同旧婚旅行である。梶原夫妻が結婚三十周年（真珠婚式）で、松下センセ夫妻が二十五周年（銀婚式）という節目の記念旅行なのだが、日程はごくつつましいものだった。

例によって松下センセたちが一日早く二日に出発（この日は、得さんたちはさかな屋を休めないので）、熊本市にいる長男の下宿を訪ね食事を共にしてホテルに泊まり、翌朝レンタカーで来る梶原夫妻と博多で落ち合って、福岡県糸島半島の海岸にある「ウェストコースト志摩」というホテルの部屋から、四人で玄界灘の落日を眺めようというのがこの旅の主目的だった。松下センセたちには二泊、梶原夫妻にはたった一泊の旧婚旅行である。短い日程でも濃密な思い出はつくれるだろう。

計画はすべて松下センセが立てたのだが、誤算は得さんの運転にあった。博多市街に車を乗り入れるのは初めての得さんなので、博多駅で落ち合うよりは裁判所前の方が寄りつき易いだろうと決めていたのに、待てども待てどもやってこない。

落ち合う場所から離れるわけにもいかないし、松下センセ夫妻はやきもきしながら、ただいたずらに濠端の柳の木の下に立ち尽すしかなかった。

結局、福岡市街への入口を間違えた得さんが周辺をぐるぐる廻りながら到着したのはもう正午で、昼食後も迷いに迷って（助手席に座って市街図を見る松下センセも、まったく役に立たなくて）、はたして玄界灘の落日までに間に合うだろうかというスリリングな（そして間の抜けた）ドライブとなったが、ぶじに「ウェストコースト志摩」の一室から四人で心ゆくまで玄界灘の落日を眺めることができたのだった。四人とも顔を紅々と染め上げられながら、それは忘れられない落日となって胸奥に刻まれた。

シャンペンを一度飲んでみたいという細君の願いで、その夜四人はキャンドルの火明りを受けながらシャンペングラスを触れ合わせてこしかたを祝したのだった。

「やっぱり、カモメだったんだ」

松下センセは右手で物を放る真似をしてみて、あらためて確認した。あきらかに右腕のつけ根のあたりが痛みの発源地となっているのがわかる。

「手加減して投げんからよ。すぐ夢中になるんやから」と、細君が笑う。彼女はそんな痛みは感じてないという。

「カモメのせいで背中を痛めたなんて、和嘉子さんに知られたら、さぞかし笑われるなあ」と、松下センセは細君に苦笑してみせた。

前日、松下センセは梶原夫妻の前でカモメにエサを投げたときの光景を語ったのだが、「ほんとにまあ——」と和嘉子さんが呆れたように笑ってから、

「あなたたちときたら、まるで世間離れした夫婦なんやから」ときめつけたものだ。

「みんな、せちがらい毎日をあたふたと生きるだけで精一杯というのに、カモメを相手に夫婦で遊んでるなんて、ほんとにぜいたくなことよね」

「いや、それはちがうね。それは考え方の問題じゃないのかな。おれたちのやってることが特別ぜいたくなんじゃなくて、誰だってしようと思えばできることなんだけど、みんなやろうとしないだけのことじゃないのかな」

松下センセは新聞に求められて書いたエッセー「私の散歩道」の中で、そこのところを次のように宣言している。

〈結構な御身分の内実をいえば、二十一年間をペン一本の綱渡りで送ってきたもの書き稼業で、その暮らしはいまもって窮迫と背中合わせといって誇張ではない。

変ないい方をすれば、私と妻の散歩は、たとえいかに窮迫するともじたばたせぬという覚悟の上でのことなのだ。これが私たちの生き方だというつもりで、山国川の川辺で毎夕

ゆったりと一時間余をすごしているのだ〉

だから、カモメとたわむれるのも覚悟の生き方なんですよ――とまでは、口に出していわなかったが。

「でも、作家って得やなち思うんよ」

和嘉子さんはこだわった。

「夫婦でカモメにパンをやって遊んでても、松下センセのやってることだからって、みんな納得すると思うんよ。作家センセのしそうなことだって。だけどわたしらがそんなことしてたら、梶原さんは頭が少しおかしくなったんじゃないのって、笑われるんがオチよ。――ねえ、おとうさん、そう思うでしょ？」

和嘉子さんに問いかけられて、得さんはさも面倒くさそうに答えた。

「あんたがカモメにパンをまいてやりたいんだったら、四〇〇〇円分でも五〇〇〇円分でもひとりでやっておくれ。わしはつきあうつもりはないから。――カモメなんて、さかな屋には敵みたいなもんでね。魚市場の中まで舞い込んできて、すきがあれば魚をねらおうとしてる、こにくらしい奴なんじゃやから」

（一九九一・十二）

十三　文部省の怠慢である

　このところ、病院通いに明け暮れている松下センセである。

喘鳴《ぜんめい》と高血圧の治療で点滴注射に通っていたのが、それがようやく落ち着いてきたとき突然の激しい嘔吐と下痢に見舞われ、急性腸炎と診断されて今度は胃腸外科での点滴注射が続くことになった。嘔吐の方はすぐにおさまったが、執拗な下痢は十日間に及んだ。

　これまでも急性腸炎の激症で二度入院しているので、今回は入院をまぬがれただけでもさいわいとせねばなるまい。

「ほんとにあんたの身体は爆弾をいくつもかかえちょるようなもんやなあ」

　細君はいつもながらの嘆息を洩らした。

　ここ数年、奇蹟的なほどに長い〝健康期〟が続いたので、本人もまわりも「こんなはずはないのだが……」と不思議がっていたのだが、どうやらまた本来の状態に戻ってきたということらしい。やっぱりなあ……という、妙な安堵感のようなものが松下センセの胸の片隅にはある。病んでいる状態の松下センセこそが、正統的なあるべき姿の松下センセなのだという自虐的な納得が当人にあるのだから、困ったものである。

五月二十日、松下センセは身体障害者手帳を申請するために必要な診断を受けに国立中津病院に行った。

寝たきりになったじいちゃん(注一)は第一級の身体障害者に認定されていたが、身体障害はなにも肢体不自由や難視難聴に限られるのではなく、松下センセのように肺機能の著しい低下もその対象になるのである。階段を休み休みしか上れないのだから、これはもう立派な身体障害といわねばならぬ。(こんなこと、別に自慢にもならないのだが)いまになってこういう申請をしようと思い立ったのも、白状すれば先行きの心細さがきわまっているからだ。

松下センセの肺機能低下の元凶である多発性肺《はい》嚢胞《のうほう》症《しょう》は治療法がないと宣告されているので、年齢による体力の衰えと共に確実に悪化はしていっても、逆に改善されるという見込みは一切ない。

しかも、そんな不安な状態を救済してくれるなんの保障も松下センセにはないときている。先で退職金が入るわけでもないし、自らのたくわえがあるわけでもない。国民年金以外の年金が貰えるのでもない。その日暮らしとはいわぬまでも、その年暮らしの綱渡りもいよいよ行きつくところまで来た感があって、先行きの心細さは隠しようもない。

身体障害者手帳を貰ってみてもなにかの保障を当てにできるのかどうか分からないのだが、取らぬよりは取っておいた方がいいだろうというワラにもすがる心境である。

診断は肺のレントゲン写真と肺活量検査、そして動脈からの血液検査によって下される。

国立中津病院の医師は、松下センセの両肺にわたる〝嚢胞〟写真を前にして、「わたしも、こんな写真は初めて見ます」と驚いてみせた。以前に入院していたとき、若い内科医たちを従えて回診に来た院長が「こんな写真は珍しいから、よく見ておくように」といって、松下センセの胸のレントゲン写真を掲げてみせたことがある。松下センセの両肺は、珍しさでは標本並みなのだろう。両肺にわたって葡萄状に沢山の空気袋（ブラーゼ）ができていて、その分だけ肺容積がせばめられた形になり、その結果肺活量の方は本来あるべき数値のちょうど半分しかなく、いわば片肺飛行ということになる。

肺活量からすればまさに身体障害者なのだが、不思議なことに、動脈から取った血液の酸素量が意外に多くて、正常値の八〇％に達していた。

「残っている部分の肺が一生懸命がんばってるんでしょうね」と、医師が感心したように呟いた。健康人が二度の呼吸をする間に松下センセは三度の呼吸をして補っているといった感じらしい。

囊胞にせばめられ萎縮している肺が必死に働いているのだと想像すると、わが内臓ながらいじらしくなる。呼吸の苦しいときには、「このやくざなボロ肺めが！　切り裂いてしまうぞ」などと、つい内心でののしってしまうことの多かった松下センセだが、これからはつつしまねばなるまい。

最後に、階段の昇降テストが行なわれた。メトロノームの音に合わせて、階段の昇降を四分間続けたあと、十分後の脈拍や心電図を調べてテスト前の状態との変化を見るのだ。

検査室に覗きに来た医師が、まだ荒い息で心電図検査のベッドに横たわっている松下センセに、

「どうですか、四分間できましたか？」と尋ねた。

「よくがんばりましたよ。ヒイヒイいいながらがんばりましたよ」

検査の看護婦が松下センセの代りに答えると、医師は、

「そんなにがんばらない方がよかったんですけどね」と笑った。

そうか、途中でへたばってみせた方がよかったのかと、松下センセはおのがトンマぶりに苦笑してしまった。四分間の昇降テストにも耐えられなかったという方が、医師としても障害の診断を書き易いわけで、なにもヒイヒイゼイゼイ荒い息をしながらがんばることはなかったのだ。どうも、松下センセにはこんな知恵が抜け落ちている。

結局、医師は身体障害三級に相当するという診断証明を書いてくれた。

一級、二級というのは、ベッドに寝たきりかあるいは日常の動作にも息が上るくらいの重症者だから、ごくふつうに動きまわったりしっかりと細君を愛したりできる松下センセの場合、三級が妥当なところとせねばなるまい。

ただちに中津市役所福祉課に手続きをしたので、多分一カ月後くらいには大分県の方から身体障害者手帳が届いて、松下センセは晴れて身体障害者三級ということになるだろう。(注二)

ここまで書いたところで、にわかに激しい雨となり細君が慌てて立っていった。台所の雨漏りに急いで備えなければならないのだ。

昨年九月末の台風十九号にやられたまま、八カ月後のいまも松下センセ宅の屋根はテントでおおわれているのだが、最近ではちょっと激しい雨になるとたちまち台所の雨漏りが始まるようになっている。

梅雨の六月を前にして屋根の本格的修理を急がねばならないのだが、それだけの経済的余裕もないままに松下センセは投げやりになっている。

こんなことを書きながら、松下センセの胸中にはむらむらと怒りのようなものが立ちこめてきた。

この理不尽ななりゆきは、いったいなぜなのか⁉

片肺飛行の身体をだましだましながら、ありもしない才能をしぼり尽して松下センセはこの二十三年間に三十五冊の本を書いてきている。これは充分に仕事をしたことにならないだろうか？

しかし現実には松下センセにはなんのたくわえもなく、一年先の生活の保証すらもない有様なのだ。

六月末にようやく松下センセの新刊が講談社から出版されるが、これで見込める収入は七〇万円程度で、これ以外にまとまった収入の当ては皆無である。一年かけて書いた本が出版されても、それで家族が半年を食いつなぐこともできないのだからあわれな話である。

この理不尽ななりゆきも、松下センセ自身の罪なのだろうか？

むらむらと立ちこめる怒りの鉾先《ほこさき》をどこに向ければいいのだろう？

そうだ、文部省が悪いのだ！　と、突然に松下センセは怒りの鉾先の的を一つみつけた。

いまの松下センセの窮状を救済する正当な方法が一つあることに気づいたのだ。文部省が教科書の掲載作品に正当な印税を払ってくれさえすればいいのだ。

松下センセの短篇小説が中学と高校の国語教科書に一篇ずつ採用されていることはすでに以前に報告したことがあるが、さらに今度は「道徳」の教科書にも「絵本」と「どろんこサブウ」（これは抄出）が掲載されることになった。

一方で危険人物として警視庁のブラックリスト（注二）に登録されている松下センセが、文部省検定の「道徳」の教科書二社に登場するというのも、考えてみれば不可思議な現象だが、これで松下センセは四つの教科書に登場することになり、現役作家としては代表的教科書作家となったのではあるまいか。

何十万部も発行される教科書なのだから、もし正当な印税さえ払ってもらえれば、四冊の教科書からの印税収入だけで松下センセの生活は安定するはずではないか。

だが、実際には文部省が払う印税は〝雀の涙〟でしかない。一冊の教科書は四年ごとに改訂されるが、その四年分の印税が確か五万円！　程度にしかならないのだ。

これが理不尽でなくてなんであろうか！

国語の教科書に掲載される作品は、いわばこの国の文章の規範であって、文部省はそれにふさわしい礼をもって遇しなければならないはずなのだ。

四つも作品が教科書に掲載されながら、その作者が貧しさにあえいでいるなどというところに、この国の文化レベルの低さがあると断じて過言ではあるまい。

あきらかに、これは文部省の怠慢ではないのか。

文部省は松下センセの実態を早急に調査し、その救済策を至急に講ずるべきではなかろうか。

片肺飛行にあえぎながら、寝たきりじいちゃんの介護に疲れた松下センセが、さらには貧困に追いつめられて一家心中にでも至るようなことがあれば、松下センセの作品で勉強している全国の生徒たちに与える衝撃ははかりしれないものになるだろう。ほとんどタダで作品を教科書に使っていた文部省の傲慢に非難は集中するだろう。

ウーム……書いているうちに、ますますこれは正論と思えてきた。

文部大臣に直訴状を書いてみようか。

はて？　いまの文部大臣って、誰だっけ？

（一九九二・六）

（注一）　八十五歳の父健吾の足がにわかに立たなくなったのは、一九九一年十月からだった。あれよあれよという間に〝寝たきり〟となり、その介護に松下センセと家族はふりまわされることになる。「草の根通信」の一九九二年の〝ずいひつ〟には、その試行錯誤ぶりが報告されているのだが、父の介護記については別の本にまとめたので、本書では省いている。本書の一九九二年の〝ずいひつ〟が一篇しかないのは、そのせいである。

（注二）　身体障害者手帳の申請は、却下された。動脈血に含まれる酸素量が少なくないという理由によっている。

（注三）　一九八八年一月末、松下センセは警視庁による家宅捜索を受けた。日本赤軍がらみのいわれのない嫌疑である。松下センセが『狼煙を見よ——東アジア反日武装戦線〝狼〟部隊』を書いたためと思われる。

十四　カモメのおじさん

N新聞の中津支局から若い記者が電話をかけてきたのは、十二月も半ば近い頃だった。

「来年がトリ年ですから、本社の方で正月の紙面に鳥にちなんだシリーズを企画してましてね、なんでも松下センセと奥さんが河口のカモメにパンをまかれてるそうで、それを取材して写真に撮れという指示がきてるんですよ。——さっそくですが、あすも河口に行かれますか？」

「ええ、行くのは行きますけど……」

いきなり、思ってもみなかった話を持ち込まれてめんくらってしまう。

「そんな……取材や写真なんて、困ります」

「どうしてですか」

「どうしてって……なにも、そんな話題になるようなことじゃないですよ。ほんの遊び心でやってるだけのことだし……」

つい最近、これは別の新聞でだったが、別府湾沿いの病院で入院中のおばあさんが病室の窓から毎日カモメにパンを撒いているという記事が写真入りで出ていて、それはほのぼのとした話題だったが、松下センセ夫妻の場合散歩の途中の気まぐれなお遊びなのだから、むしろ恥ずかしいような行為でしかない。第一、世界の飢餓をどう考えるのだという叱声も聞こえてきそうである。

「とにかく、かんべんして下さい」

「そんなにむつかしく考えないで下さいよ。記事になるかならないかはともかく、写真を撮らせて下さいよ。これは本社からの指示なんです」

若い記者は、本社指示をふりかざして押し込んでくる。N新聞の本社に誰か「草の根通信」の読者がいて、カモメとたわむれる松下センセ夫妻の図を思いついたのだろう。

「あす、何時頃にうかがえばいいでしょうか」

松下センセの弱気を察して、一気の攻勢である。つい、気弱に応じてしまう。

「そうですねえ……河口の満ちてるときの方が写真にはいいだろうから……午後二時にしましょうか」

山国川の河口を〝わが庭〟みたいに心得ている松下センセは、日々に変化する潮の干満時刻を正確に承知している。翌日の満潮は午後一時五十分なのだ。

「わかりました。お城の裏あたりで待っています」と答えて電話を切りかけた記者が、さりげなく問いかけた。

「ところで、センセはひょっとして、正月には和服を着られるんじゃないですか？」

「和服は持っていません」

「いえね、作家のセンセって正月には和服の方が多いみたいですから、もしセンセもそうだったら、あした和服でやっていただく方が正月の紙面らしいかなと思ったもんですから」

「わたしには和服なんか似合いません。あしたはジャンパーです。ジャンパーではいけませんか」

松下センセ、なんとなくムッとして問い返してしまう。

「ええ、ええ、ジャンパーで結構です。どうぞお二人とも普段のままでやって下さい」

慌てたように、電話は切れた。

「おい、あしたN新聞がカモメにパン屑をまくところを写真に撮るそうだ」

細君に告げると、予想通りに「いやよ、そんなあ」と悲鳴のような声をあげた。

「あしたは、あんた一人だけだったらだめなの？」

細君の引っ込み思案は、若い頃からちっとも治っていない。

「むこうのねらいとしては、二人そろったところを撮りたいらしいんだ。――まあ、主役はカモメたちなんだから、おれたちは後姿でもいいかもしれないよ」

「そうやなあ……主役はカモメたちやもんね」

細君もそう呟いて、自分を納得させようとしている。

「それじゃあ、さっそくパンを買いに行かなきゃ。――いつもの六斤でいいかなあ」

「いいよ、いつもの量で」

ほんとは、あすはパンを撒く予定ではなかった。安い食パンを選ぶとはいえ六斤では六〇〇円だから、ビンボーな松下センセとしては毎日というわけにはいかない。だいたい三日に一度くらいということにしているのだ。パンの耳だと安くて助かるのだが、これはめったに手に入らない。

三日に一度、大量の食パンを買いに来るのを不思議がられて、細君は店員から「奥さん、こんなに食パンをどうされるんですか」と聞かれたという。まさかカモメの餌ですとも答えられなくて、細君はとっさに「学生たちを下宿させてるもんですから」とごまかしたそうな。

「梶原さんたちの寮(注)のことが頭にあったもんやから」といって笑う細君に、「いっそのこと、カモメの学校の給食ですと答えればよかった」と応じて、松下センセも笑ったのだった。

写真を撮る日は、風が冷たかったが空はよく晴れて、満潮の河口がことさら蒼々と映えていた。

いまではもう河口のカモメたちが、犬を連れてパン屑の大きな袋を二つ提げている二人をおぼえているのか、川辺の道に降りて来るのを待ちかねたように頭上を旋回してついてくるのだ。遠くから見れば、二人の頭上低くに大輪の白い花がひらいたように見えるかも知れない。

「すごいですねえ。わかってるんですねえ」

待機していた記者が、感嘆の声をあげた。

「そのまま、なにか語り合いながら、ゆっくりとこちらの方へ歩いて来て下さい。そうそう……いいですよ。カモメたちを頭上に引き連れて……」

記者の演出に従いながら、松下センセも細君も照れくさい。人々の働いている昼間にこうしてカモメと遊んでいること自体が気恥ずかしい行為であって、あまり人には知られたくない二人の〝秘めごと〟なのに。

「それでは、まき始めて下さい」

記者の指示で松下センセがパアッとパン屑を空中にほうりあげたと同時に、細君が「ヒャーッ」と悲鳴を発した。強風にあおられて、パンの小さな粉が隣りの細君の顔や髪を襲ったのだ。こんな日はあまり高くほうってはいけない。

パン屑が散り落ちた水面をめざして、いっせいに何十羽のカモメが急降下する激しいはばたきと鳴き声に、カメラを構えながら記者が「すごい迫力ですねえ」と、またしても驚いている。「こんな光景、はじめて見ました」

パン屑をついばむカモメの鳴き声を聞きつけて川上からも川下からも続々と寄せて来るのが壮観である。

「いろんな種類がいるんですか？」

「ええ、いますね。ユリカモメにウミネコ、それにセグロカモメ、ただのカモメに……ほら、そこのそれがウミネコですよ」

松下センセ、ほんとは自分でもよく見分けはつかないくせに、さも知ったかぶりで適当に指呼してみせたりするのである。

「カモメにパンをまき始めた動機というか、きっかけはなんだったんですか」

記者は、現場での取材をしようとメモを構える。

「毎日、机に向かって仕事をしていますとね、ゆきづまるんですよ。そんなとき河口に来て、こうしてカモメと遊ぶと心が空になって、ふっと構想が湧いてきたりするもんですからねえ」

いかにも毎日仕事をしているかの如く答えてみせるが、これは口先のでまかせにすぎない。最初のきっかけは、細君がカビのはえかかった余り物のパンを持って来て撒いたのが始まりで、だんだん遊びがエスカレートしてきただけのことなのだ。

「ぼくも少しまかせてもらっていいですか」

「ええ、どうぞどうぞ」

とうとう、彼も取材を忘れて遊びに興じてしまった。

その夜、用事があって電話をした福岡の木村京子さんに、正月の鳥シリーズに登場しそうなことを告げると、

「とうとう、松下センセも〝カモメのおじさん〟になっちゃったんだ」といってクフフフと笑った。

「きっとそんな写真が新聞に出たら、カモメにパンをまく松下センセと洋子さんを見に行く人が現れて、中津の風物詩になりますわよ。いやですわねえ、フヒヒヒッ」

翌日、記者からしょげた声の電話がかかってきた。

「すみません。現像してみたら、だめでした。いい写真がないんです。かんじんなカモメに迫力がないんです。――それで申しわけないんですけど、あしたもう一度撮り直させて下さい。今度は望遠レンズの大きいのを借りて行きます。対岸からねらってみます」

「いいですよ」

松下センセは気軽に応じた。自分でも経験ずみだが、同じ岸辺に並んでパンを撒く者とそれに群れるカモメを同時に写真に納めようとするのは、技術的にむつかしいものだ。対

岸から望遠レンズで狙うというのは確かに一案だが、しかし川幅からして相当に長大な望遠レンズでなければむりだろう。第一、対岸からでは記者からの演出指示の声がこちらまで届きにくくなる。

やはり彼もそこらを考え直したのか、翌日現れたときにはなんとゴムの胴長をつけていた。川釣りをする人が身につけて水の中に入る胴長である。

「川に入って撮ります」

かなり悲壮な決意を洩らして彼は冷たい水の中に入って行き、三脚を据え望遠レンズをセットした。

その位置からであれば、パン屑を撒く二人とそれに群がるカモメをひとつの画面にまとめることができるのだが、どうも見ていて不安なのは借りてきたという望遠レンズの扱いがひどくぎこちないのだ。望遠レンズの焦点はちゃんと合っているのだろうか。

「松下センセと奥さんは、もう少し寄って下さい。はい、いいですよ。二人同時に投げて下さい。はい、今度は奥さんはかがんでもらえますか」

いわれるままに演技してどうやら撮影は終ったのだが、翌日また彼から「すみません、実は写真が……」という電話がかかってくるのではないかという気がしてならないのだった。

結局、電話はかからないままなのだが、いや、二度目も失敗で、もう三度目の撮り直しをいだせないのではあるまいか、松下センセとカモメの件は流れたのではあるまいかとも思える。願わくばそうあってほしいのだ。

五十五歳のノンフィクション作家にして市民運動のリーダーたる松下センセが、〝カモメのおじさん〟で登場するなんて……いくらなんでもねえ……。　（一九九三・一）

（注）梶原夫妻は小さなさかな屋をたたみ、一九九二年夏から中津市内の女子短大の学生寮の管理人として住み込んだ。

十五　春を待ちつつ

税務署に申告する松下センセの一九九二年度の所得が確定した。

とても二〇〇万円まではいかないのではと予測していたが、集計してみると二〇〇万一四五〇円也で、かろうじて年収二〇〇万円には達していた。

一番主なのは『ゆう子抄——恋と芝居の日々』（講談社）の印税収入一三〇万円で、あとはもう二万、三万という小口収入の寄せ集めが七〇万円といったところである。

尤も一割の源泉徴収をされているので、松下センセの手に入った年収は実際には一八〇万円でしかなかったことになる。年齢五十五歳のサラリーマンの平均年収がいくらになるのか正確には知らないが、松下センセの四倍から五倍になるのではあるまいか。

例年のことながら、やはり確定申告の時期というのは、肩身の狭い思いにとらわれて沈み勝ちになる。

「作家歴二十二年でこんな有様なんだから、よっぽどおれは作家にむいてなかったのかなあ……。しかし、どう考えてみても、作家以外の仕事でおれにできそうなことってないもんなあ」

松下センセの洩らす弱気な愚痴に、細君はパンをちぎる手を休めずにフフッと笑う。

「会社に行ってるあんたなんて、想像できんもんね」

「ほんとに、おれは人並みに金を稼げない人間なんだろうな。なにが欠けてるのかなあ……」

カモメたちに持って行く食パンをこまかくちぎりながらの、昼下りの会話なのだ。

「いいやないの。お金はないけど、いつでも二人で散歩に行ったりできる自由があるんやもん。昼間っからカモメと遊べるなんて、誰にもできることじゃないわ。一番のぜいたくかもしれんよ」

細君のこんな欲の無さに、松下センセはどれほど救われているかしれない。

「ツルの恩返しみたいに、カモメたちが何か恩を返してくれんもんかな……」

松下センセ、馬鹿なことといっている。

「恩返しどころか、糞をかけてくるんやから」

細君がカモメの忘恩をいって笑う。頭上を舞うカモメたちから、もう何度か白い糞を浴びせられているのだ。

「中告の控除にカモメのパン代を計上したら、なんといわれるだろうな」

一番安い一斤一〇〇円の食パンを買ってくるのだが、一度に六斤だから結構な餌代になる。

一応三日に一度のパン撒きということにしているのだが、犬を連れての河口沿いの散歩は毎日なので、手ぶらで行った日にも二人の頭上にカモメが群れてくるようになっている。いつもパン屑を呉れる二人連れを確かに覚えているようで、二、三十羽のカモメの群れが頭上を低く舞いながらついて来るのだ。

「ごめんよ、今日は手ぶらなんだよ」

頭上に向けて空の手をひろげて見せながら、なんだかつらい気持になる。ときには、カモメたちに見つからないように散歩コースを変えることまでしている。

「やっぱり、毎日持って来てやりたいなあ」と、細君も嘆くのだ。

実は、カモメの餌対策に良案がないわけではないのだが、それを提案しただけで杏子から突っぱねられてしまった。

「杏子よ。給食の食べ残しのパンをクラス全部から集めてくれないか」

残飯として捨てられるパンがずいぶんあるらしくて、その有効利用だから一石二鳥の良案なのだが、杏子の返事はにべもなかった。

「いやだあ！　そんな恥ずかしいこと」

「なにが恥ずかしいんだ。どうせおとうさんたちのカモメのパンまきはみんなに知られてるんだから、いまさらいいじゃないか」

杏子の通っている中学校は河口沿いにあるので、生徒たちは学校の帰りなどに何度も見ていて、「杏子ちゃんのとうちゃんとかあちゃんがカモメにパンをまいてる」ことは、よく知れ渡っているのだ。

「変わりもんのとうちゃんやのうち、男子生徒たちからいわれよるんよ。給食のパンまで集めだしたら、また何をいわれるかわからんやないの」

そういう年頃なのか、杏子はかなり本気で風変わりな父親を恥じているようで（松下センセの相貌も雰囲気も風変わりに見えるらしい）、学校への出入りは絶対にしてはならないと厳しく止められているし（おかげで松下センセは、わが娘のテニスの試合も一度も見せてもらえない）、まして一緒に連れ立って歩くなどということはない。

まあしかし、松下センセを嫌っているわけではなく、人前を気にしているだけのことなのだが……。

「ねえ、もうカモメたちもあと一カ月くらいのことなんやから、一日置きということにせんか?」

ちぎり終えた山のようなパン屑を二つの大きな袋に移しながら、細君がいうのだ。

「そうだな、六〇〇円を何度か節約してみてもしかたないな」

貧すれば鈍するで、考え方がみみっちくなっていけない。

北門の河口のカモメたちは、四月の終りには遠いカムチャツカへと帰って行くのだ。

昨年末のことだったか、千葉の野鳥の会の人から便りをいただいて、〈カムチャツカに行って三百羽ほどのカモメに足輪をつけました。その足輪のカモメが東京湾でみつかっていますから、そちらでも気をつけて見て下さい〉と教えられ、ずいぶん気をつけていたのだがとうとう足輪のあるカモメには出遭わなかった。

カモメたちが去ってしまったあとの河口を想うと少しさみしい。

二月十五日、松下センセは満五十六歳の誕生日を迎えたが、なんとその日から発熱してしまった。ついに流感にやられたのだ。

「うーん、やはり傲《おご》れる者久しからずか……」

松下センセ、ひそかに呟かざるをえなかった。

この冬、周囲を流感が席捲している最中にもなぜか松下センセは感染をまぬがれて、家族全員が倒れたときにも「なんだ、みんなだらしない。おれは風邪なんか気力で吹き飛ばしてるぞ」とうそぶいていたほどである。

どんなに寒い朝でも七時過ぎには起床して、自転車をこいで病院に行き、(注)入院中のじいちゃんの食事介護を一日も休むことはなかった。

昨年末、病棟で一番手のかかっていた患者が亡くなり看護婦にも余裕ができて、「もうそんなに毎朝来なくてもいいですよ。私たちがしますよ」といわれたのだが、それでも休むことはなかった。細君がひどい流感に倒れている間は、朝だけでなく夕食の介護にも松下センセが通っていた。

その病院の中にも流感は忍び込んでいて、看護婦や入院患者が次々とやられて、じいちゃんも肺炎を起こしかけてあっという間に重態に陥ったが、それも早い処置で回復していった。

二月十日には満八十七歳の誕生日を迎え、かぞえの年でいえば米寿の祝いにも当たるので、細君と二人で三十個のバースデーケーキを持って行き、同室の患者と病棟の全部の看護婦さんに配ってお祝いを分け合った。

「おじいさん、今日は誕生日よ。おぼえてた？　いくつになったの？」

細君が耳元で問いかけると、じいちゃんはかすれた声で「八十……」といいかけて考え込んでしまった。主治医からは「もう、いつどんなことが起きても不思議ではありませんよ」と警告されている。

毎朝きっちりと食事介護に現れる松下センセは、看護婦さんからも「風邪を引きませんねえ」と不思議がられていたのだが……そして当人も、これは気力の勝利でこのまま冬を乗り切れるつもりでいたのだったが……。

呼吸が苦しくなって病院に駆け込んだのが十八日夕刻で、たちまち点滴注射につながれてしまった。

「あさってから福島県に行く用事があるのですが……」と切り出したとたん、主治医が「あなたは死にに行くんですか」といって呆れた顔をした。

「あなたは気力が強過ぎていけません。動ける身体じゃないんですよ。安静が守れないんなら入院してもらいますよ」

厳しく毎日の点滴通院をいい渡されてしまった。両肺に沢山の嚢胞を抱える松下センセの場合、呼吸困難が起きやすくて風邪が命取りになるとはかねがね警告されているのだ。

その夜、松下センセは福島県N町のI君に電話をして、ドクターストップがかかったことを告げ平謝りに謝らねばならなかった。二十一日に予定されていた講演会のキャンセルである。

I君は「草の根通信」の読者で町役場の職員なのだが、町当局が年に一度主催する町民講演会を担当していて、高い講演料で松下センセに声をかけてくれたのだ。冬は用心して一切の講演を入れていないこともあってお断りしたのだが、結局I君の熱意に押し切られて引受けてしまった。

すでにN町では講演会のチラシが全戸に配られて、準備も終っていたのだ。N町の皆さんには大迷惑をかけてしまった。とりわけI君には平身低頭してお詫びするしかない。

その夜遅く、四十年前の中学の同級生から電話がかかってきた。

「竜一ちゃん。ぼくだよ。覚えてるかい。――いまね、ぼくは福島県の田舎に住んでるんだけど、さっきNHKテレビがね、竜一ちゃんが隣り町に講演に来るといってんだよ。もう嬉しくなってね、山を越えて会いに行くよ。女房にもいったんだよ、竜一ちゃんはぼくの同級生だって。ぼくらの誇りだって」

松下センセ、熱のある頭を抱え込んでしまった。テレビでまで案内されてるなんて……。

呼吸困難は意外に早く鎮まっていったが、難敵は別な所に潜んでいた。血圧である。血圧が下がらないのだ。

昨年、医師から指摘されるまで、松下センセはほとんど血圧を気にすることはなかった。確かに母が脳溢血で四十五歳で急逝しているのだから、高血圧の血筋には違いないのだろうが、五十を過ぎるまでそういう症状はみられなかった。やはり医師のいうように、肺機能の衰えと関連しているのだろう。

医師の指示通りきちんと朝夕に降圧剤を服用しているにもかかわらず、頭痛がやまない程に血圧が上昇していて上が一七六から一九〇、下が九六から一〇〇という数値になっている。風邪の症状でよけいに上昇しているのだろうが、なんだか一触即発の爆弾を抱えている気分で、さすがに用心せざるをえない。

要するに、頭にカッと血を昇らせてはいけないのだ。怒ってはならないし興奮してもいけない。

松下センセ、当分は新聞もテレビニュースも遠ざけて、何もかも知らんぷりでいなければなるまい。

そうか、当分は細君も遠ざけねばならないのだろうか……。

ああ、一日も早い春が待たれる。（一九九三・三）

（注）寝たきりとなった父健吾の在宅介護が、松下センセの体力では不可能となり、近くの病院に入院させたのは一九九二年七月末だった。

十六　おちることをのぞんでみたが

ちかごろ「清貧の思想」なるものがもてはやされているそうだが、それにしては現に貧しく生きている松下センセがなんの脚光も浴びないのはいったいどうしたことだろうか。どこかの新聞や雑誌から、「清貧に生きるには」とか、「日々是清貧」とか、「貧しくとも妻との日々」とか、「貧すれど心ゆたかに」とかいった原稿依頼があってしかるべきであろうに、松下センセにはここ一年近く一本の原稿注文もない。思想としての清貧はもてはやすが、現実に貧しく生きている作家には眼が向かないらしい。

考えてみれば、松下センセは思想があって貧しく生きようとしているわけではなく、要するに金を稼げないがゆえにやむなく貧しく生きているだけのことで、そこらが見抜かれているのかも知れない。清貧とは思想があってのことであり、松下センセみたいになりゆきまかせの貧しさは単なるビンボーであって、清貧とは名乗れぬものらしい。

いま、松下センセの内情を打明けると、およそ八カ月分の生活費が全財産として手元にあるだけである。つまり来年一月までは家族の生計を立てることができる計算になる。

（もちろん、家族の誰かが病気で入院したりすれば、それが数カ月に縮まることになる）

そして、今秋に出版される予定の『怒りていう、逃亡には非ず』がもっかの唯一の収入見込みで、多分これが八〇万円くらいにはなるだろうから、更に四カ月を生き延びることができるという計算をしている。

というわけで、松下センセ一家は来年五月まではなんとか一応の暮らしを営むことができるはずなのだが、その来年五月までに次の収入になる仕事を完成させなければ、無一文となってたちまち一家は路頭に迷いかねないというなりゆきである。誇張ではなく、単純に計算してそうなるのだ。

そして困ったことに、松下センセは次なる作品をまだ模索中といった状況なので、およそ一年後の完成などとうていのぞむべくもないのである。ノンフィクションという作品はどうしても歳月を必要とする。

本来なら、雑誌や新聞などのエッセーなどで少しは収入を補えるはずなのだが、いまや松下センセは「過激派作家」というレッテルにおおわれているらしく、一本の原稿注文も来ないのだからどうにもならない。

講演の方も自分からやめてしまったので、年間五〇万円くらいあったそちらからの収入もなくなってしまっている。もともと講演には自己欺瞞のにおいがつきまとっていやでしようがなかったからだが、病気で福島県N町の講演をキャンセルして大迷惑をかけてしまったことを大いに自省して、これを機に講演を引受けることをやめてしまったのだ。

そんな事情なので、いまや単行本による収入以外の当てはなく、なにかよほどの幸運に恵まれぬ限り来年五月以降の生計はまっくらな見通しである。

それがわかっていながら、とんと悲壮感の湧かぬ松下センセである。しゃにむに仕事をしなければなどという追い詰められた意気込みもない。相変わらず細君と川辺で二時間も遊んだりしている。細君もまた、「こんなにのんびりしていて大丈夫なの？」と訊いたりはしない。

そもそも人間がそんなにあくせくと働かなければ生きられないということが、おかしいのだと思えてならない。みんなが足ることを知ってそっと生きていくのであれば、そんなにあくせくと大きな収入を求める必要もないと思えるのだが……。

フーム。ここらの心境を松下センセも、もっともらしい思想に仕立てるべきであったな。

「ねえ、おとうさんちゃ。うちはほんとにビンボーなの？」

高校一年生の杏子が聞く。

「世間の平均でいえばビンボーだね」

「じゃあ、杏子は短大にもいけないんかなあ」

けてくれるよ」

「そうだなあ、いまのおとうさんの力ではむりだろうな。――でも、ケン君とカン君が助

松下センセの返事に、「フーン」と呟いて少し心細そうな顔をする。

長男の健一は一年半ほど勤めた薬品会社のプロパーの仕事がどうしても自分に合わないと諦めて中津に帰り、いまでは自宅から市内の紳士服スーパーに通っている。それで食費を家に入れないかわりに、給料を貰うたびに杏子の名義で三万円の積み立て預金をしてくれている。歓も今春大学を卒業し岡山で就職したが、もう少し落着けばその積み立てに加わりたいといってくれている。頼りない父にかわって、これからは二人の兄が一人の妹を助けてくれるにちがいない。

その二人の息子にむかってこの父は、「おまえたちの結婚には一円も出してやれないんだから、頼りにするなよ」ときっぱりいいわたしている。

「おとうさんは、どうして作家になんかなったの？　ふつうのサラリーマンならよかったんに」と杏子が不服をいう。

「お金はもうからんのに、名前ばっかり有名やから、杏子はいいめいわくしよるんよ。このまえも、こんなことがあったんよ――」

授業中に私語をしていたら、先生からいきなり「こらっ、〝豆腐屋の四季〟！　静かにせんかっ」と叱声を浴びせられたという。むろん、先生としては冗談のつもりだったろう

が。

「杏子よ、ひょっとしたらおとうさんが大金を残してやれるかもしれんぞ」

「フーン、ベストセラーの当てでもあるの？」

「いや、そんな幻想はもってないけどね、うまくいけば七〇〇〇万円をみんなに残せるかもしれん」

「ヒェーッ、七〇〇〇万円って⁉　おとうさん、頭がおかしくなってるんじゃないの。――アーッ、わかった。宝くじを買ったちいうんやろ」

「いやいや、宝くじは買ってないけど……でも、確率からいったら、やっぱり宝くじ並みかなあ。――飛行機だよ。飛行機」

「飛行機がどうしたの？」

「今度、おとうさんが北海道に行くだろ、そのときもし飛行機が落ちたら、遺族に七〇〇〇万円が入ることになる」

「つまり、おとうさんが死んだらということ？」

「そうだよ。おとうさんは死ぬことによって、愛するおまえたちに大金を残すわけだ。おとうさんが生きていても絶対に稼げない金を残すんだよ」

　その七〇〇〇万円の根拠はこうである。

　松下センセは飛行機に乗る前には必ず空港での保険に入ることにしている。空港ロビーに設置されている自動式の申込み機に一〇〇〇円を投入する保険だが、わずか一〇〇〇円の保険料で、もしその飛行機が墜落して死亡すれば四〇〇〇万円の保険がおりることになっている。

さらに航空会社からの補償が二〇〇〇万円はあるだろう。松下センセの年収を二〇〇〇万円とみて、あと十年分の補償と計算すればその額となる。それから松下センセが加入している生命保険が一〇〇〇万円あるので、それらの合計が七〇〇〇万円というわけだ。

「フーン、だけどそんなに都合よく落ちんやろうなあ」

杏子の呟きには、なんとなくがっかりした気配がうかがえた。

「おかあさん。おとうさんが死んで七〇〇〇万円もらうんと、おとうさんが生きててビンボー続けてるんと、どっちがいい？」

杏子が台所の細君に行って聞いている。

「そんなこと、聞かんでもわかってるやろ」

細君が笑って答えている。

「あーっ、おとうさん。おかあさんは七〇〇〇万円の方がいいちいいよるよ」

杏子にからかわれて、細君は、

「うっそお！ そんなこといいよらんのよ。杏子ちゃんのつくりごとよ」と慌てて打消して笑いころげた。

講演は引受けないと決めた松下センセだが、北海道伊達からの要請は断り切れなかった。〈北の兄貴〉からの誘いを、〈南の弟〉としては断るわけにはいかない。そんな恩知らずなことをしたのでは、市民運動の仁義がすたるというものである。

松下センセたちが豊前火力発電所反対運動に立上ったとき、一番の先達として見えたのが、北海道電力伊達火力発電所に反対する人々の闘いであった。環境権裁判で争えると知ったのも、伊達の人々がその裁判を起こしたという新聞記事を見てのことであった。

もっと白状すれば、豊前環境権裁判の訴状は、伊達火力裁判のそれの丸写しである。〈南の弟〉は〈北の兄貴〉の闘いを見真似しながらついていったというのが正直なところだ。

一九七三年六月十四日、北電は伊達火力発電所の強行着工に踏切った。阻止行動のスクラムの中から多数の逮捕者と怪我人が出た。そのとき、伊達の人々から貰った電報に身がひきしまった。

〈一四ヒ　ホクデンハ　キドウタイヲツカッテ　キヨウコウチヤツコウシタ　ワレワレハ　ケラレタタカレ　サンザンノメニアツタガ　ニクシミハモエ　ハンタイハノイキハギヤクニケンコウタルモノガアリ　コンゴアラユルシユダンヲツカッテ　ダテカリヨクフンサイマデ　チリヨクトタイリヨクノカギリヲツクス　トモニテヲタズサエテ　ガンバロ

ウダテカンキヨウソシヨウノカイ〉

その日から満二十年を経て、この六月十三日（日）に着工阻止行動二十周年の集会を企画したので、松下センセに記念講演をという要請である。

松下センセの体調は相変わらず不調で、このごろは高血圧にともなう頭痛がやまないという辛い状態なのだが、これればかりは断るわけにはいかない。

それにしても、満二十年を経てなおそんな集会を持てる伊達の運動のエネルギーを思うと、いまや往時の情熱を消してしまった〈南の弟〉は肩身の狭さをどうしようもない。そんな不肖の弟が〈北の兄貴〉たちを前にしてしゃべれることがあるとも思えないのだが、とにかく遥々と駆けつけるだけでも喜んでもらえるだろうと思い直して、松下センセは当日朝の便で福岡空港から飛び立った。杏子との約束どおり、ちゃんと空港での一〇〇〇円保険に入ったことはいうまでもない。

人の心理状態とはおかしなもので、墜落して七〇〇〇万円ということが念頭にあると、少々飛行機が揺れても余り恐怖心は湧かない。もちろん墜落して死ぬことに恐怖感がないわけはないのだが、それを七〇〇〇万円がカバーしてくれるのだからおかしい。

無事に千歳空港に着陸したとき、松下センセの心裡にはわずかながら落胆があった。

杏子、ごめんよ。やっぱりビンボーを続けるしかないようだね。　（一九九三・七）

追記

このところずっと、松下センセは執拗な頭痛に悩まされてきた。特に午前中がよくない。〝五十肩〟の治療から帰って来る午前九時頃になると、てきめんにそれが始まるのだ。頭の中がさながら脈打っているようなズキンズキンと響く痛みである。高血圧ゆえの頭痛とは思うが、その断定はできない要素もあってかえって不気味だった。

とりあえず頭痛薬をのんで、かろうじて痛みを抑えてきたが、一カ月近くも辛抱したあげくにとうとう我慢できずに主治医に相談すると、

「ああ、脈打つような痛みですか。それなら降圧剤の副作用です。血管を拡げる薬ですから、そんな副作用の現れる人もいます。薬をかえてみましょう」とあっさり診断されて、拍子抜けしてしまった。

さすがに診断どおりで、薬のかわった翌朝からぴたりと頭痛はやんでしまった。朝夕に服用するたった一錠ずつの小さな降圧剤なのだが、やはり恐るべき副作用である。

「心配していた副作用が、下に現れずに上に現れたとはなあ――」

松下センセは細君にむかって眼を丸くしてしまった。〈下に現れずに上に現れた〉につ

いては、いささかの説明が必要である。

健康読本で高血圧に関する記述を読んでいて「これは大変だ！」と松下センセが悲鳴をあげたことがある。

〈降圧剤の副作用として、男性の場合インポテンツ（性的不能）の状態になることもある〉という個所に眼が釘づけになったのだ。

「冗談じゃないぞ。まだまだインポにはなりたくないよ。やっぱり血圧の薬を減らすことにしよう」

松下センセは即座に決断して、実行し始めた。

松下センセは今年の初めくらいまでは一錠（これをA錠とする）の降圧剤を朝夕に服用していたのだが、ほとんど血圧が下がらないままに（上が一七〇前後、下が九五前後）、医師の処方で途中から更に朝夕二錠（B錠とする）が加えられたという経緯がある。

そこで途中からふえたB錠の服用をやめて、元のA錠だけに（医師とは相談しないままに）戻してしまったわけだ。

「そんなことして、ほんとに大丈夫なの？　脳溢血で倒れたりしたら、とり返しがつかんやないの。命の方が大事やないの」と細君は心配するのだが、

「馬鹿をいいなさい。おまえを愛せなくなって、だらだらと生きている甲斐があるものか」と、松下センセの悲壮なる決意は揺るぎない。思い余った細君がひそかに得さんに相

談したらしい。

「竜一さん、自分の歳を考えなさいよ。五十六歳といったら、もうおたがい愛だのセックスだのと騒ぐ年齢じゃないじゃろ。とくにあんたはいろんな病気持ちなんじゃから、健康第一に考えておとなしくせんと。――ちゃんと医者の処方どおりに薬をのまんとだめじゃないの。洋子さんが心配してたよ。あんたが生きてさえいてくれたら、それで充分しあわせだからと、洋子さんはいってたよ」

得さんからじゅんじゅんと諭されたのだが、

「おれは命を賭けて洋子を愛してるんだから、万一倒れるようなことになっても悔いはないねえ」

松下センセはそううそぶいて、親友の説得にも応じなかった。

「ほんとに呆れた男だなあ」

得さんは嘆息して匙を投げた。

実をいうと、松下センセはそれほど無茶をしようとしているわけではない。というのは、A錠に更にB錠が加わって以降も血圧が下がるという好転はみられなかったので、B錠を減らしてみても血圧の方の変化はないと自己判断をしての選択なのだった。

どうも松下センセの場合、肺機能の衰えと連動しての高血圧らしいので、降圧剤が余り卓効をもたらさないようなのだ。

数日前、久々に胸部レントゲン写真を撮った主治医が、「悪いですねえ。あなたの肺は両肺ともやっと上半分しか生きてませんね」と写真を示しながら説明してくれたが、松下センセが背負っているいろんな病気の元凶がこの半分しか機能していない肺にあるのだから、どうしようもない。

嚢胞は手術による切除以外に治療法はないのだが、松下センセのように両肺にわたっていくつもあるとなるとその手術も不可能だという。嚢胞だらけの肺を元に戻す術はないのだ。

そんなわけで、下の方に現れる副作用ばかりを気にしていたら（さいわい、こちらの方への影響はいまのところ現れていない）、なんと盲点を突くように上の方（頭）を副作用が見舞ったものだから松下センセはびっくりしてしまったわけだ。

それにしても、いまさらのように薬の副作用の激しさを思い知らされることになった。松下センセは降圧剤の他にも医師処方の呼吸器のための薬を毎日服用させられているので、自分では気づかぬながら何かの副作用に見舞われているのかもしれない。

細君ももうB錠をのめとはいわなくなって、そのかわり高血圧に効くといわれるドクダミ茶や黒ゴマを食膳に乗せるようになった。もちろん、高血圧の場合減塩が基本条件であることはいうまでもない。

最近ではニンジンジュースがいいと知って、毎朝ニンジンとリンゴをおろしがねですりおろしてジュースを作ってくれている。ニンジンはなかなか汁が出ないので、おろしていて手がくたびれるとこぼしている。ニンジンだけだと飲みにくいだろうが、リンゴもしぼっているので朝食の飲み物として一気に飲める。細君手づくりのジュースで血圧が少しでも下がるのだったら、こんな嬉しいことはないのだが。

いやはや、満身創痍《まんしんそうい》の松下センセがこの世を生きていくのは、なかなかに大変なのである。

十七　星の降る夜に

例によってちょっといたずら心を起こした松下センセが、タクシーで梶原夫妻のいる女子短大寮に行き、管理人室の窓ガラスを外からトントンと叩いたのはもう夜更けの十一時を過ぎた時刻だった。

まだ部屋の灯は消えてはいなかったが、布団も敷かれていたようで、二人の慌てた気配がカーテン越しに伝わってくる。

カーテンをわずかにめくって、得さんが外をうかがう。松下センセの背後が暗いので眼をこらすようにしていたが、「竜一さんが来てるぞ」とふり返って告げている。「ヒャーッ」と、なぜか和嘉子さんが悲鳴をあげた。

やがて寮の玄関をあけて出て来た得さんが、「いったい何事で？　何かあったの？」と声をひそめるようにして問いかける。

「アハハハ。なんにもないよ。一緒に流れ星を見ようかなと思って……」

「流れ星？」

得さんはあっけにとられている。梶原夫妻は、八月十一日の深夜から十三日未明にかけてペルセウス座の流星群が見られるという、天体ニュースを知らなかったのだ。

「ほんとにもう、びっくりさせるんやから」

広い学生食堂で顔を合わせた和嘉子さんが、松下センセの背を打つしぐさをする。

「なにもそんなにびっくりすることはないじゃないの。それとも、二人でなにか覗かれて困るようなことでもしてたの？」

松下センセにからかわれて、和嘉子さんは「そんなんじゃないわよ」といって顔を紅くして笑った。

「今日の深夜からペルセウス座のガンマ星附近に流星群が見られるそうだよ。北東方向の空らしいんだけどね。なんでも彗星のしっぽが地球の軌道にかかるらしい。――せっかくだから、一緒に見ようと思ってね」

松下センセはテレビや新聞で知った情報を、二人に伝える。

「洋子さんはどうしたの？」

「それが、あいにく夏風邪をひきこんでしまってね……」

「やっぱり、そんなことやな。ひとりで星を見るのがさびしいもんやから、ここまで出て来たんやろ。——ほんとに人騒がせな人なんやから。流れ星くらいひとりで見なさいよ」

和嘉子さんが憎まれ口をきく。

「百三十年に一度の流星群を教えてあげようと思って来たのに、そんないいぐさはないだろ」

「それで、何時頃から見られるの？」

得さんが聞く。

「深夜から未明にかけてというんだから、もうそろそろ飛び始めてるんじゃないのかな」

柱時計が十一時四十分を指している。

「それじゃあ、コーヒーを一杯飲んでから、三階のバルコニーに椅子を持って上って見ることにしようか」

女子短大寮も夏休みに入って学生がいないので、そんなことも許される。もちろん、日頃は男性禁制の場所なのだ。三階のバルコニーはさいわい北に向いている。

快晴の夜空とはいえないようだ。

眼が馴れるまでは見つけられなかったくらいに淡い光の星々で、夜空全体が薄くもやっている感じだ。北東の空低くかかっている細い月も、もやに包まれたように薄紅く変色して不気味な色合いになっている。

半袖シャツ一枚で来たのが肌寒いほどに夜気が冷えている。待ち続けるがいっこうに星は流れない。

「ねえ、竜一さんは流れ星にどんな願いをいうの？」

暗いバルコニーに座って、北東の空に顔を向けたまま和嘉子さんが聞く。

「そうだなあ……どうか一家が一年先も生き延びられますようにと、いうことかなあ……」

「そんな、夢のない……」

「だって、それがもっか一番切実な願いだもの」

これまでも綱渡りのようなあやうい暮らしをしてきた松下センセだが、文運いよいよ凋落の一途で、将来的な見込みはまったく立たない。ほんとに一年先の一家はどうなっているのやら。

百三十年に一度の流星群にかけた願いなら、あるいは本当にかなえられるかも知れないという思いがけない期待が湧いているが、口には出さない。

「ねえ、昔の人はよく、流れ星を見たらジソロバンといってたじゃない？」

「ジソロバン？」

「ねえ、おとうさん聞いたことあるでしょ？」

「いや、わしも聞いたことないなあ」

「昔の人はね、字が上手になりたいというのと、ソロバンがうまくなりたいというのが、一番ありふれた願いだったんよ。仕事につく最低条件だったんよね。それでね、流れ星を見たらパッとジソロバンと願ったんよ。――流れ星が消えるまでに願わなければならないから、言葉を短くせんとだめなんよ」

「そうか……一年先も一家が生き延びられますように、なんて願うひまはないからなあ。省略して、イキノビタイと願うんだったら間に合いそうだね」

「一瞬のうちに、イキノビタイ！　と叫ぶってのは、なんだかすさまじいね」

一番奥の暗がりにひそんでいる得さんがフフッと笑った。

「あんたの願いはなんなの？」

松下センセに問い掛けられて、

「うーん、わしの願いなあ……」

得さんは考えこんだ。

「いまとりあえず思いつくのは……自分の考えを正確に伝えられる文章力がほしいという

ことかなあ……」

「そんな長ったらしい願いは間に合わんわ、おとうさん。五字にまとめないとだめよ」

「それじゃあ、ブンショウ！　と叫ぶか」

その瞬間、三人ともアッと声をあげていた。一瞬、星が流れたのだ。それも北東の空ではなく、むしろ頭上に近いあたりを流れていった。

虚を突かれたように三人とも声をあげたので、三人ともなんの願いも掛けられなかったことは確かだ。

「さあ、これからいよいよ天体ショーが始まるのかな」

得さんが身を乗り出すように椅子をきしませた。だが一個が流れたきりで、夜空は再び静まりかえったままだ。

「おかしいなあ。こんなはずじゃないんだけどなあ。おびただしい流星群が見られると、確かにいってたんだけどねえ」

いっこうに星の流れないことに、松下センセは責任を感じ始めている。

どこまでも伸びる魔法の杖で北東の空の一角をトントンとつつけば、おびただしい星がどっと降ってこないものだろうか。松下センセはそんな幻想を暗い夜空に想い描いてみる。

すぐ眼の前を一羽の鳥が飛んでいく。街灯の明かりにほのかに照らされて、音もなく消えていく鳥が何鳥なのかわからないが、まぼろしめいて見える。

「こんな真夜中に夜空を見ることなんてないから気がつかないけど、夜でも鳥が飛んでるんやなあ」

和嘉子さんの声が感傷的になっている。

「ゴイサギかフクロウかなあ……」と得さんが呟く。

やっと二つ目の星が流れたのは、先の流星から十五分位も経ってからだった。

「おれの好きな短歌に、こんなのがあるんよ」

松下センセは若い頃の記憶に焼きついた一首を披露する。

　未来へとわれへと向いて走りつつとどかぬ星の光あるべし
「作者の名も覚えてないんだけど、夜空を仰ぐと、この歌が自然と浮かんでくるんよ。ちょっと正確じゃないかも知れないけど」

「もう一度いってみて――」

和嘉子さんに促されて、松下センセはまたゆっくりと歌をくりかえした。夜気の中にひたっていると、短歌も素直に口に出せる。

「いま、こうして仰いでいる星の光も、何万光年を走り続けてやっと地球までとどいているんだよね。つまり、何万光年も前に発した光を、いまおれたちは見ているわけだ。――未来へとわれへと向いて、何万光年も前に発した光が、宇宙の暗黒をひた走りに走っているけど、まだわれわれの地球まではとどかないというのもあるだろう、そんな意味の歌なんだね。みごとに宇宙というものを歌いとめたというか、すてきな歌でね……」

「未来へとわれへと向いて、というところがなかなかいいねえ」

得さんがことさら静かないいかたをする。

三つ目の星が流れた。そのたびに三人が三人ともあっと声をあげて指呼したりするので、とても願いごとどころではない。

「もう、今夜の天体ショーはだめだな。とてもこれでは流星群とはいえん。あと一個流れたら、帰ることにしよう」

あくまでも責任を感じている松下センセは、そう宣言した。

四つ目の星が流れたのは、午前一時に近い時刻だった。

「人騒がせをして、わるかったね」

別れ際にいうと、和嘉子さんは「アーッ、またそんな意地悪をいう」といって笑ってから、言葉を継いだ。

「とってもロマンチックな夜をありがとう」

（一九九三・九）

十八　お彼岸の日に

前夜の雨も上って秋分の日の空は青々と晴れ、薄い白雲がさざ波のように浮かんだ。松下センセと細君は、午前中に病院へ行った。

「秀川さん（仮名）、今日は秋分の日で祝日ですよ。おはぎを持ってきましたよ」

補聴器に向けて細君が大きな声で告げると、ベッドに座った秀川のおじいさんは「はい。ありがとうございます」と微笑を浮かべた。

「ほんなこて、わたしは今朝も晴れ晴れした気分ですがねえ。四階まで上って景色を見てきましたが、山が澄んだ青色でずいぶん近くに見えました―」

「今日はね、うちのじいちゃんの納骨(注)をするんで、午後はこられないから午前中に来ましたよ」

補聴器をつけていても難聴の秀川さんなので、隣室にまで聞こえるような声で話しかけねばならない。

「そうですか。晴れてよかったですねぇ。――センセ、さしでがましいことですが、わたしからおじいさんのお墓に花をあげてください」

「はい、ありがとうございます。そうさせてもらいますね」

松下センセは秀川さんのお金を預かっているので、それから花を買わせてもらうことになる。

病院からの帰りに細君が、

「病院の廊下がひんやりしてきたから、秀川さんにガウンを買って行かないと風邪をひくかもしれんね」という。

「ああ、そうしてやってくれ」と松下センセは答えた。

八十二歳の秀川さんが、なかば家出のような形で熊本県A市から松下センセ宅を訪ねて来たのは、八月三十日午後だった。

「センセ、こちらに一カ月ほどおらせてください」という秀川さんに、松下センセは「いいですよ」とうなずいた。前年夏に数日来たことのあるおじいさんなので、事情はわかっている。気のすむようにさせるつもりだった。

秀川さんとの出会いは八年位前になる。大牟田市での松下センセの講演会場に、なんと隣市から自転車で駆けつけて来たのだ。そのときからすでに難聴で、もちろん講演も聴き取れなかったはずだが、ただ松下センセに会いたい一心で来たのだと告げられた。

それを機会に「草の根通信」の熱心な読者となったのだが、そもそも秀川さんが松下センセを知るきっかけとなったのは『砦に拠る』に始まっている。それには切実な事情がからまっていた。

秀川さんは二十七年前、自分の土地が道路拡幅にひっかかったのだが、その経緯の中で市や県の対応に著しい不信感を抱き、納得できぬままに争い続けてきたのだ。長年にわたる行政への抵抗の過程で、秀川さんは地元での孤立をきわめていった。ついには一つ屋根の下に暮らす息子とも対話の絶えた関係となり、七年前に奥さんを亡くしてからはいっそうの地域不信、人間不信に陥ってしまったのだ。

そんな秀川さんが『砦に拠る』に出会って、蜂ノ巣城主室原知幸氏の頑固一徹さに深い共感を抱くのは必然であったろう。同じ熊本県人ということもあって、自分もまた室原さんのようにおのれの意志を貫いて生きたいと心に誓ったのだ。

室原さんはすでに亡くなっているので、秀川さんの思いは著者である松下センセに注がれることになったらしい。長年にわたり極度の人間不信に陥っている秀川さんは、遠く離れている松下センセを信頼し救いを求めるようになったのだ。(秀川さんがもう一人信頼しているのは、「草の根通信」を介して知った梶原得三郎さんである)

秀川さんは来た日から足許がおぼつかない感じだったが、三日目の夕刻、松下センセの貸した自転車に乗っていて転倒した。軽い目まいに襲われたらしく、あとで聞くとその前後の記憶が薄れていた。

危いと思った松下センセと細君は翌朝、秀川さんをタクシーで病院に連れて行った。亡くなるまでのじいちゃんが入院していたおなじみの病院である。いくつかの検査のあと、診察した医師に「入院ですねぇ」と告げられた。

「どうしますか。入院した方がいいといわれてますよ。この病院に入りますか」

松下センセが補聴器に向かって大きな声で告げると、「おねがいします」と答えた秀川さんが、急に顔をクシャクシャにして涙を浮かべた。

見知らぬ土地で入院する心細さを悲しんでの涙だと見たが、そうではなくて逆にほっとした安堵の涙だったと知ったのは、後日のことである。

どうやら、秀川さんは中津に来る前から相当に体調を悪くしていたらしい。近々の入院も予想していたのだろうが、地域不信をきわめている秀川さんは、地元の病院に入院する気になれず（七年前にそこで奥さんを亡くしたとき、その病院に不信感を抱いたという）、「草の根通信」の〝ずいひつ〟で知る〈松下センセのおじいさんが入院していた〉中津の病院に、〈センセの紹介〉で入院できたら……と思い詰めたようなのだ。

そんな思いを秘めて、病気の身体でひとりはるばると中津まで家出して来た八十二歳の秀川さんは、念願どおりに松下センセの紹介による病院に入れて、思わず安堵の涙を浮かべたのだ。
「センセ、これを預かってください。わたしに関する費用は全部これから払ってください」といって秀川さんが差し出したのは、なんと一六〇万円もの札束だった。そういう用意までしてきていたのだ。

入院して気がゆるんだのかどっといろんな症状が出て、秀川さんはベッドから動けなくなった。発熱と頭痛と便秘と全身のむくみで、食事もとれなくなった。

つい二カ月前までは家のじいちゃんの介護で毎日通っていた病院に、松下センセと細君はまたしても通うことになった。なにしろ、この町では秀川さんを知っているのは松下センセ夫妻と梶原夫妻しかいないのだ。
「よくよく、うちたちは病院と縁が切れんごたるなあ。おじいさんのことがすんだと思ったら、また……」といって細君が笑う。
「ここまでたよられてしまったら、逃げられんね」と松下センセも笑う。

秀川さんは別に介護を必要とする病状ではないのだが、異郷で病む心細さを察すれば毎日顔を出してあげねばと思う。梶原夫妻も、仕事柄毎日とはいかぬができるだけ顔を見せてくれている。

一時は心配された病状も十日位を過ぎた頃から好転し始めて、日毎に元気を取り戻していった。

松下センセは、この入院を好機として、できれば秀川さんの〝心の病い〟も癒やすことができないものかと願っている。二十七年にも及ぶという孤立した闘いの中で、不屈の意志を貫いた秀川さんだが、いつしかその人間不信は〝心の病い〟にまで至っていて（そのことは秀川さん本人も自覚している）まわりのあらゆることを疑って心の安らぐときがないのだという。

地元を遠く離れたこの町の病室で、秀川さんが病気の身体を癒やすと同時に、心の平穏を取り戻せたらどんなにいいかと願って、松下センセは秀川さんの息子さんや姪にあたる人とも連絡を取り合って話を進めている。人間不信を解いていくには、まず家族の和解からと考えているのだ。

「ほんなこて、センセからひげをそってもらえるとはなあ……」

電気かみそりを当てられながら眼を細めているときの秀川さんは、まことに好々爺然とした表情になっている。

秀川さんの心遣いの花束を買って、父の遺骨を墓に納めに行ったのは午後二時だった。

「今度は大丈夫でしょうねぇ」

墓前で読経するために同行する住職さんが笑っている。

「アハハハ。今度は大丈夫です」

父の遺骨を胸に抱く松下センセは笑って答えた。

実は、父の遺骨を一度納めそこねているのだ。四十九日忌の法要をすませた先月末、皆で納骨に来たのだが、なんと墓の扉を開くカンヌキが錆びついていてとうとうあかなかったのだ。

松下センセが『豆腐屋の四季』の印税で一九七〇年三月に建てた墓は、カンヌキのついた扉で開くのだが、長年のうちに錆びついてしまったのだ。

「ほんとにもう、竜一ちゃんにまかせておくと、いつもこんなふうなんだから。こんな、ゆきあたりばったりの人はいないんやから」

例によって、松下センセは姉の小言を浴びてしまった。

「アハハ。じいちゃんはまだ墓に入りたくないんだろ」

松下センセは再び父の遺骨を抱いて戻りながら、われながら間が抜けてるなと思った。一緒に来ていた親戚の人たちも、なんとなく笑いながら帰って来たのだった。

というわけで、この秋分の日は仕切り直しの納骨で、もちろん今回は石屋さんに頼んですでに墓の扉はあけてもらってある。今回はもう親戚には声を掛けなかったが、この日のために埼玉県上尾市の弟雄二郎がわざわざ帰って来たのは嬉しかった。

墓の中に入ったのは、市内で印刷店を営む弟の紀代一で、父の遺骨の壺を母の骨壺の隣りに安置した。母が亡くなったのが一九五六年なので（四十五歳だった）、三十七年ぶりに母の遺骨は父の遺骨を迎えたことになる。順番からすれば、この次にこの中に入るのは自分なのだろうなと、松下センセは墓の中を覗き込みながら考えていた。

読経を終えて住職が帰って行ったあと、皆でなんとなく墓の前にたたずんでいた。墓原を彩って彼岸花が紅々と燃え、オシロイバナ、ツルボ、ママコノシリヌグイ、クコなど野の花が眼につく。眼下には稲田がひろがり、雀おどしの爆音がときおり弾けている。父の遺骨を墓に納めたという哀しみはなく、こうして秋晴れの空の下に姉弟が勢揃いしていることにはしゃいでいる気分だった。

「秀川さんにお花を買ってもらったお返しに、彼岸花を摘んで行ってあげようか」という細君の言葉に誘われたように、上尾の弟が、「竜一ちゃんと洋子さんは、またおじいさんをかかえこんでるんだってな」と呆れた語調でいう。紀代一から話を聞いたらしい。

「うちのじいちゃんと入れかわったように出現したんでね……」

松下センセ、なんとなく弁解がましくいうと、上尾の弟は「まるきり、寅さん映画の世界じゃないか。兄貴らしいよ」といって、ますます声を立てて笑うのだった。

（一九九三・十）

（注）父健吾は一九九三年七月十三日に亡くなった。八十七歳だった。

十九　帰って行った秀川さん

人の心がほぐれていくさまを、まざまざと見せてもらった。

八十二歳の秀川さんの、一カ月半の心境の変化である。

肺炎をわずらいながら、松下センセをたよって中津に辿り着いたときの秀川さんの心の内は暗く閉ざされていた。

もう二度とA市には帰りたくないといって、「別府あたりの養老院に入所するにはどうすればいいですかねえ」と、のっけから松下センセに尋ねるのだった。

どっと症状が出て中津の病院に入院したあとも、秀川さんは「わたしは一人になっても、ちっともさびしくはないですがねえ。ざまあみろといった気分ですよ」と強調するのだった。

いったい誰に対してざまあみろとうそぶいているのかよくわからないのだが、秀川さんにとっては身内も含めてまわりのすべての人々が敵としか見えていないようだった。

松下センセからの連絡で駆けつけた息子さんにも、ベッドで顔をそむけてことさら眼をつむり会話を拒むほどだった。

「秀川さん、せっかく遠くから心配して来てくれてるんだから、何か話をせんですか」と松下センセが声を掛けても、「ばってん、なんば話すとですか」と拗ね、息子さんを苦笑させるのだった。

秀川さんの気がかりは家に残してきた猫のことで、「昨夜は猫の夢をみました」といって、ベッドでクシャクシャと泣き顔になることもあった。猫だけに心を寄せている八十二歳の老人の孤独の深さを思わずにはいられない。

「困ったなあ。秀川さんはいつまでもこの病院にいたいといいだしそうだなあ」

松下センセは、そんな心配を細君に洩らした。実際、状態の悪いときの秀川さんを見ていると、このまま異郷の病院で生涯を終るのかも知れないという心配を抱かされるのだった。

だが、秀川さんは看護婦さんたちがびっくりするほどの早さで、回復していった。

「入院で足が弱るといけませんから、今日は一階から四階まで階段の昇り降りを二回くりかえしましたよ」

そういって松下センセを唖然とさせたのは、入院から二十日目くらいであった。

「そんな、むちゃな」

肺活量が常人の半分しかない松下センセは、二階までの階段にも喘いでしまうほどだから、秀川さんの〝過激な〟足のトレーニングにはあっけにとられてしまう。

「今度は一度も手すりにつかまらずに昇り降りしてみますよ」というので、

「それだけはやめてくださいよ。危険すぎます」と制止せねばならなかった。

八十二歳にして、この積極性というのは、確かに並々のことではない。

「センセ、ほんなこて、わたしはいまなごやかな気持ですがねえ。こんな安らかな気持になったことは、何十年となかったですよ」

身体の回復につれて、秀川さんの閉ざされた心は、氷が溶けていくようにほぐれていくようだった。二十七年間にわたって〝孤独な戦い〟をしてきた人は、絶え間なく心をヨロイで包んできたのであろう。心の安らぎを得る日などなかったのだ。

中津の病院に来ての入院の日々は、そんな現実から遠く離れて、まったくの無防備で心を解放できる貴重な休息となったと思える。

「センセが身元保証人になってくれている病院ですから、絶対にセンセに迷惑はかけられまっせん」という秀川さんは、つとめて〝良き入院患者〟であろうとしてふるまっている。

秀川さんの隣りのベッドの人は、十五年間寝たきりで言葉を発することもできない重症患者だが、その人の手を取って、「秀川は決して悪い男ではありまっせん。安心してください」と、告げたという。

「センセ、わたしは権力を持った強い相手には、どこまでも対決できますが、ばってん弱か人を相手にしますと、つい涙もろくしてですねえ……」

自分より十七歳も若いという隣りのベッドの患者を、しきりにあわれがっている。秀川さんの入っている病棟は寝たきり老人が多くて、自由に動ける患者は少ない。秀川さんは自分がベッドを離れられるようになると、そんな入院患者を慰める役も演じ始めていた。

「隣りの部屋のおばあさんで、童謡の好きな人がいると看護婦さんがいうもんですから、今日は行って童謡をうたってあげましたばい」などと報告する。

耳の遠い八十二歳の秀川さんが、寝たきりの八十歳のおばあさんのベッドの脇で童謡を歌っているという光景はちょっと想像を絶している。

この病棟には足に鈴をつけた老人が一人いる。少し痴呆気味なので、看護婦さんたちが鈴の音に注意しているのだ。どういうわけかこの老人が秀川さんを慕って、秀川さんの姿を見かけると寄って来て人のいい笑顔を浮かべる。秀川さんも「友達だからなあ」と肩を抱くようにして笑顔を返す光景は、見ていてほほえましいものがある。

「秀川さん、このぶんでは十月には退院できますよ。家に帰れますよ」

松下センセはさりげなく切り出しながら、内心には心配を抱いていた。家には絶対に帰らないといいはるのではないかと恐れたのだ。

おや？　と思ったのは、秀川さんの次の返事を聞いてだった。

「わたしもそれを考えています。列車よりはタクシーで帰ろうか……息子に迎えに来てもらおうか……」

なんと、秀川さんは家に帰ることを考えているではないか。嬉しくなって松下センセも声を弾ませた。

「息子さんに車で迎えに来てもらおうよ。それが一番いい」

一緒に暮らす息子との和解は、このチャンスにしかない。

「ほんなこて、わたしはこちらに来て生まれかわったような気持ですよ。これからは、まわりの者にもやさしくしていくつもりです」

病院の屋上に出て山の端に沈んでいく夕日を一緒に眺めながら、秀川さんはそんなことをしみじみというのだ。

ただ、松下センセには一つの気がかりがあった。秀川さんが熊本県A市に帰って、また二十数年来の問題と直面すれば、心が暗くかたくなに閉ざされていくのではないかという不安である。その可能性はきわめて高いだろう。

「ねえ、秀川さん。あなたは二十七年間も一人で頑張ってきたんだから、もうあなたの勝ちですよ。誰もが認めますよ。――だから、もう終りにして、これからは少し楽に生きましょうよ」

松下センセがそんなふうに切り出したとき、秀川さんは「センセにお願いがあります」と、表情を改めた。

「こんなことまでセンセにお願いするのはあまりにも厚かましいことで、迷っていたのですが、いまのセンセの言葉でふっきれました。センセ、どうかわたしに代って、この件をまとめてください。センセがこうせよというのでしたら、どんな条件でものみます」

思いがけない提案であったが、もはや松下センセには乗りかかった舟である。

「わかりました。引受けましょう。ただ、条件があります。秀川さんはもう一切タッチしないでください。それでいいですか」

「はい、すべてセンセのいうとおりに従います。――これで、わたしはほんなこて晴れ晴れしました」

そんな約束を二人で交わしたのだが、実は松下センセは半信半疑なのだった。いくらなんでも県道（今春からは国道に昇格したという）の拡幅工事が二十数年もストップしているなんて考えられないのだ。未解決というのは秀川さんの思い込みではないのかと疑いを消せなかった。

ところがなんと、息子さんに確かめると、本当に未解決のまま道路拡幅は途中で止まっているのだという。更に熊本県の土木事務所の方に確かめてもらうと、この件は余りに古い問題で担当も次々と変わり、これまでの経緯も正確に知る人がいないのだが、「あくまでも買収の意志はあるので、さっそく再調査の上、年度内には松下センセと交渉をさせていただきたい」という返事である。

松下センセ、どうやら本当に土地交渉の当事者になったらしい。当の秀川さんは、「ほんなこて晴れ晴れした気持」で、病院の階段を一階から四階まで昇り降りをくりかえしているのだ。

秀川さんの入院は一カ月半に及んだ。

退院の日、松下センセと細君が迎えに行くと、「きのうの晩は眠れませんでした」と打明けた。

「家に帰ったら、あれもせねば、これもせねばと思うたらですね……」

帰りたくないといっていた町へ、秀川さんの心は飛んでいる。

退院する秀川さんに「タバコでも買ってください」といって、そっと千円を握らせるおばあさんがいる。中津の銘菓をわざわざ取り寄せて持たせる患者もいる。

「わたしは、こんなに人からやさしくされたのは初めてです。――わたしだけが退院していくのが悪かごとあるですねえ……」といって、秀川さんは涙ぐんだ。

婦長さんが、「秀川さん、今度調子が悪くなったら、近くの病院に行くんですよ」と諭すと、「いいえ、わたしはタクシーを飛ばして、またここに来ます」と答えて、看護婦さんたちの笑いを誘った。

退院していく秀川さんと悟っているのか、鈴の老人がよけいにまつわりつくようにしているのがあわれである。

退院した日は松下センセ宅に一泊することにして、その夜、梶原和嘉子さんも来て、退院を祝う小宴を開いた。得三郎さんも来られたらいいのだが、二人とも寮を留守にするわけにはいかないので、得さんは翌朝に来て息子さんたちが迎えに来たのを見送るということにしている。

家出のようにして中津に辿り着いたときはまだ残暑がきびしくて半袖シャツだったが、いまは肌寒い季節となり秀川さんには亡くなったじいちゃんの冬着を着てもらっているので、なんだかほんとうにうちのじいちゃんがそこにいるような気がすると、杏子がいう。

和嘉子さんの発案で、得さんや松下センセが撮した〈中津での秀川さん〉の写真を記念アルバムに貼り込んでプレゼントにした。

「ねえ、これからしばらくのあいだ、〝ほんなこて〟という秀川さんの口調が乗り移りそうやね」

和嘉子さんがそういうと、松下センセも細君も「ほんなこて、ほんなこて」と相槌を打ってどっと笑うのだったが、補聴器でも聴き取れなかった秀川さんだけがきょとんとしているのだった。

（一九九三・十一）

二十　カモメのパン代

北門の海（山国川が分岐した中津川の河口は城の北門にあたるので、北門の海と呼ばれている）にこの冬のカモメの群れが帰ってきたのは、あの秀川老人が熊本県A市へと息子さんの迎えで帰って行った十月十七日だった。

その午後いつもの散歩に行った二人の姿を見かけただけで、いっせいに数十羽のカモメが寄せて来て頭上を大きく旋回し始めたのだ。

「おれたちのこと、ちゃんとおぼえてるんだ！」

「やっぱり、同じカモメが帰ってきたんやね！」

松下センセも細君も頭上の宙を舞う白いひらめきを仰ぎながら、声を昂ぶらせた。この北門の海から遠いカムチャツカへとカモメが渡って行ったのが五月十日前後だった。（例

年より遅かった〉

夏の間をカムチャツカで過ごして五カ月ぶりに帰ってきたその初日に、いきなりこうして頭上に寄せてきたのだから、よくパン屑を撒きに来た二人を覚えていたのだとしか考えられない。先の方を歩いている人もいるのだが、カモメはまったく寄ってはいかない。

「ごめんよ。かえってきているとは知らなかったから、今日はまだパンの用意はしていないよ」

松下センセは頭上に向かって、何も持たぬ両手をひろげてみせる。

「秀川さんの世話がすんだと思ったら、さっそく今度はカモメの世話が始まるなあ」と、細君が笑う。

川上へと歩いて行く二人の頭上についてくるカモメたちも、やがて諦めて次々と川面へ降り立って行った。

十一月三日の二十七回目の結婚記念日に、息子たちから贈られたプレゼントが思いがけないものだった。

〈カモメさんたちのパン代として使ってください〉と表書きされた祝儀袋に五万円が入っていて、贈り主として健一と歓と杏子とそして二人の息子たちの恋人それぞれも名を連ねている。

「ありがとう。こんな気のきいたプレゼントをもらえるなんて、夢にも思ってなかったわ」

長男から受け取りながら、細君の声がひどくはしゃいでいる。

長男は熊本での病院廻りのプロパーの仕事になじめぬまま中津に帰って来て、いまは自宅から市内の店に勤めているのだ。（寝たきりとなったじいちゃんを家で介護せねばならなくなったとき、とうてい松下センセの体力ではむりとわかって、息子に帰ってくれないかと頼んだせいもある）

「誰がこんなこと思いついたの？　とてもあんたじゃないわねえ……。ひょっとしてR子さん？」

細君は笑いながら長男の恋人の名をあげた。彼女は電車で三時間もかかる遠くの町に住んでいるのだが、長男に会いに来た翌日の午後にはきっと松下センセと細君の散歩について来るのだ。カモメへのパン屑撒きが愉しいのだという。

長い髪を風になびかせて河口の空に向けパン屑を放る瞬間の、伸び切った彼女の姿態を松下センセはもう何枚も写真に納めている。

極端に内気で容易に人とはうちとけないはずの細君が、なぜか彼女とはとても自然に話し合っているのも嬉しい情景である。

「パン代が馬鹿にならんのよ。なかなか食パンの耳は手に入らないから、一番安い食パンを買うんやけど、一斤一〇〇円のが六斤はいるんよ。毎日はやれんから二日に一度にしてるけど、それでもざっと月に一万円近いパン代になるんやから……」

一緒に食パンをこまかにちぎりながら（結構、時間がかかるのだ）洩らした細君のぼやきを心にとめた彼女が、長男に提案したというのが真相らしい。

「これで、ひと冬、安心しておかあさんたちはカモメと遊んでいられるわけだ」

長男はそういってニヤニヤした。

細君はさっそく書籍を送り出すときの大きな角封筒に〈カモメのパン代〉と表書きして、別会計に分けた。杏子がその角封筒にカモメの絵を描いてくれた。

あるとき、細君が何かの支払いにその袋からお金を出しているのを見た松下センセが、「おい、それは別会計じゃないのか」と注意すると、「ちょっとカモメさんに借りるだけよ」と細君は澄まして答えた。

冬季に松下センセを訪ねて来る人は、たいていカモメのパン屑撒きにつきあわされることになっている。福岡県T市から来るT君とその彼女も、パンちぎりからつきあわされたカップルである。

T君は勤めのかたわら、四人の子供たちの母親役まで代行して、主夫業までこなしているのだから大変なものだ。

「死ぬほど好きな人ができたので、その人と一緒になります。ゆるしてください」と、突然妻から告げられたときのT君の驚愕を聞かされたことがある。T君には青天のへきれきであったという。それはそうだろう。

「妻とはそれまでとても愛し合っているつもりでしたから、ほんとにもう信じられない悪夢のような告白でした。返す言葉も出ませんでした」

T君が茫然としているうちに、本当に妻は四人の子供を置いて他の男の元に走ってしまったのだ。以来、T君のにわか主夫業は、もう二年近く続いている。

そんな彼の健気な奮闘ぶりに同情し、やがて愛し始めた女性がいる。彼女の方もまた夫に捨てられて一人で四人の子供を育てているだけに、似た立場の二人はたちまち互いに深く共感し合ったのだ。

相思相愛となった二人は、互いに過去の傷を忘れてあらたに二人で家庭を築こうと誓い合っているのだが、問題は同家の子供を合わせると八人にもなってしまうことで、いまは八人の子供たちがうちとけるのを焦らずに待とうとしているのだという。二人で松下センセ宅を訪ねることも、八人の子供たちの了解を得ているという。

「わたしたちの理想は、松下センセと洋子さんなんです。二人で努力して、お二人のように何十年たっても仲むつまじい家庭を築こうねと、いいあってるんです」

共に食パンをちぎりながらてらいもなく打明ける彼女に、洋子の方が照れ笑いしている。とても率直な人で、これが四人の子の母親かと疑うほど世間ずれしていないところがあって、T君もそこに魅かれているのだろう。

「二人でカモメと遊んだり散歩したり、それが一番愉しいなんて、こんなすてきな生き方ってないと思うわ。お金をいっぱい持ってるより、よっぽどゆたかよね。——ねえ、わたしたちもそんなふうになりたいわよね」

彼女に促されて、T君はウン、ウンとうなずいている。どうやらT君はこれから彼女にリードされていくようである。

「おいおい、あんた、カモメのエサをかすめたらいかんが」

ちぎりながらときおりパン屑を口に運ぶ彼女を、T君がたしなめる。

「だって、この食パンなかなかおいしいんだもの」

ちっとも悪びれずに、彼女は口を動かし続けている。

山のようなパン屑の袋をさげ、二匹の犬を連れて河口の堤防に来たとき、予期どおり二人は歓声をあげた。

「ワーッ、すごいもんですねえ!」

たちまち頭上に群がったカモメの旋回を仰いで、驚かない者はいない。犬が尾を振ってついて来るように、カモメの群れが旋回しながらついて来るのだ。

パン屑を撒き始めるといっせいに急降下し、奪い合う羽ばたきと鳴き声がたけだけしい。ゆっくりと撒いても六斤の食パンが二十分たらずでなくなるのだから、すさまじい食べっぷりである。

「カモメは夕食のおかずはなんにしたもんかなあなんて、考えないですむんだからいいなあ」

群がってパン屑をついばむカモメを見ながら、T君はしみじみいうのだ。

「今日はどんなおかずにしようかなあとか、今日はいい天気で洗濯物がよく乾いて助かるねとか、この人とそんな主婦同士の会話ができるようになりましたよ」とT君が笑ってみせる。

T君の頭からは、お腹をすかせて待っている四人の子供のことがいつも離れないのだ。二人ともそれぞれ四人の子らの夕食の準備に間に合うように、午後四時には引き揚げて行かねばならない。

松下センセも細君も、十人家族の家庭が誕生する日の一日も早からんことを切に祈っているが、T君の彼女は松下センセ夫妻を目標にすることはやめた方がよろしい。とてもじゃないが、松下センセにも細君にも八人の子らを育てていくたくましさはないのだから。

松下センセが思いがけない疑問を抱くことになったのは、十二月の半ばのことである。

その日、細君が用事で出かけていて、珍しく松下センセが一人で河口に行ったのだが、いっこうにカモメが寄せては来なかったのだ。すっかりカモメたちに覚えられているつもりだった松下センセは、なんだか裏切られたみたいにがっかり気落ちしてしまった。

「やっぱり、おまえと二人で対《つい》となっておぼえられてるんだろうか」

松下センセの疑問に対し、細君は即座に打消した。

「そんなことないわあ。だって、うちが一人で行ったことは何回もあるけど、いつも寄ってくるもの」

そうすると、松下センセは覚えられずに、細君の方だけが覚えられているとでもいうのだろうか。

「いや、待てよ。犬かもしれないぞ。今日はランもインディも二の丸公園（注）で寄り道して、なかなか堤防の方にはこなかったんだ」

「そういえば、犬かもしれんね。あした確かめてみようよ」

細君の提案で、翌日二人は〝実験〟を試みてみた。

細君が河口の堤防に至る坂の下で二匹の犬を押さえておき、松下センセ一人が堤防の上に現れてみた。案の如くカモメは知らぬ顔をして干潟にたむろしたままだ。堤防を往き来してみるが、一羽のカモメも飛んでこない。

手をあげて合図すると、細君が二匹の犬を放った。ランとインディが一目散に堤防を駆け登って来たとたんに、なんとカモメの群れがいっせいに飛び立って寄ってくるではないか。

「なんてことだ！　二匹の犬でおぼえられてたんだ」

松下センセはあっけにとられた。

「ランとインディが先ぶれになって、パンを呉れる人がくると思われてるんよなあ」と、細君は感心している。

カモメたちの目印にされているとも知らずに、二匹が岸辺に上っているカモメに向かってもつれ合うように走って行くのがおかしい。カモメはいっせいに低空飛行で飛び立ち、はずみが止まらぬように二匹は寒い水の中にまで走りこんで行く。（一九九四・一）

（注）一九九二年十一月十八日に杏子が友達から貰って来た雄犬。十月九日生まれという。

追記

なんとも、間の抜けた失敗である。

先月の「草の根通信」の広告で、松下センセは自分がつけた本のタイトルを間違えてしまった。

それも念入りなことに、同じ頃に「新刊ニュース」という小雑誌に依頼されて書いた原稿の中でも間違えていて、編集者から「センセの原稿では『誓いていう、逃亡には非ず』となっていますが、出版社の新刊目録には『怒りていう、逃亡には非ず』と出ています。どちらが正しいのでしょうか」という問い合わせを受けて、やっと自らの間違いに気がつくという間抜けぶりであった。

先月号の広告を見て本屋に行き、「松下センセの『誓いていう、逃亡には非ず』は、もう入っていますか」と尋ねて下さった読者もいるのではあるまいか。そういう方には平身低頭してお詫びしなければならない。

今度の新刊は『怒りていう、逃亡には非ず』というタイトルです。〝誓いて〟ではダメで、断然これは〝怒りて〟でなければならないのです。

正真正銘、松下センセがつけたタイトルで、しかも大いに気に入っているというのに、こんな間抜けな思い違いをしてしまうとは五十六歳の松下センセの脳細胞の退化であろうか……。

御承知のように、松下センセは一九八八年一月二十九日に、日本赤軍コマンド泉水博との関連容疑で警視庁の家宅捜索を受けている。その時点では泉水博という名前の記憶さえなかったのだから、無茶苦茶な家宅捜索というしかない。

とんだ災難であったが、おかげで泉水博という松下センセと同年生まれの劇的人物の半生の軌跡を書くという契機を与えられることにもなった。（だから、今回の本の「あとがき」で警視庁への感謝を率直に記している）

したがって、『怒りていう、逃亡には非ず』にとりかかったのは一九八八年十月からなのだが、脱稿は一九九三年二月末なので、実に四年五カ月という歳月を要したことになる。といえば大変な労作みたいに思われるだろうが、正直に打明ければ中断期の方がずっと多くて、実際の執筆はせいぜい半年たらずであったろう。

むつかしいテーマになると、ついずるずると執筆中断をくり返してしまうのが松下センセのクセで、これではとてもプロ作家は名乗れない。細君がまた「もっと仕事をしなさいよ」といって尻を叩くどころか、「一緒に遊ぼうよ」と誘う方だから、松下センセの怠けグセには歯止めがきかない。

いつまで待っても脱稿しそうにない松下センセに業《ごう》を煮やした雑誌「文藝」（河出書房新社）は非常手段に出た。なんといきなり、次号に松下センセのノンフィクション一挙掲載という予告を出してしまったのだ。「文藝」は季刊誌なので、次号までに三カ月の余裕があるとはいえ、その時点で松下センセは四分の一くらいしか書いてはいなかった。

慌てましたねえ。もし、その三カ月で書き上げなかったら、「文藝」に数十頁分の穴を空けてしまうことになる。

さすがに、この非常手段に追いつめられて、松下センセは尻に火がついたように一気に書き上げたのだから、「文藝」の編集者は大変な策士である。「もし、書けなかったら、どうするつもりでした？」と確かめてみたい気がしている。

できあがった本が届いて、驚きましたねえ。なんと金色の帯が掛けられて、その背文字にいわく、「ノンフィクションの傑作」。

『怒りていう、逃亡には非ず』（河出書房新社）は松下センセの三十六冊目の単行本だが、いくらなんでも「傑作」と銘打つ宣伝はこれまでなかった。

大江健三郎氏が朝日新聞の文芸時評の中で〈同時代史の傑作というにたる成果をあげた作品〉と持ち上げてくれたことに便乗して、編集者も大きく打って出たということらしい。

でも、松下センセの気分は醒めている。傑作と銘打とうが、力作としようが、労作と宣伝しようが、まあ松下センセの本はどうあがいても売れはしないのだから。

出版社からまっ先に届けてくる新著を手にして心ときめかせたのは、いったい何冊目くらいまでだったろうか。今度こそはとひそかに期待してみても（そして、どんなに書評でほめられても）結局は裏切られてばかりだったのだから、もうすっかり期待する気持はなくなってしまっている。

松下センセの本はだいたいが初刷りどまりだし、増刷になったといっても一万部にも達しないのだ。そして二年たらずで絶版本として消えていく運命とあっては、心のはずませようもあるまい。

〝傑作〟の辿る運命も、見えているようである。

ところで、一九八八年の家宅捜索の不当を訴えた集団国賠訴訟[注]は東京地裁で現在も続いている。

最初の頃の意気ごみもどこへやら、松下センセはとんと東京地裁へ顔を見せなくなってしまったが（不当なことをされた被害者が、多額の旅費と時間を使って東京まで行かねばならないのだから、たまらない）、次回二月二十五日はいよいよ松下センセの「本人尋問」だというから、なにはおいても出かけねばならない。

松下センセの担当弁護士は、いまやテレビで売れっ子のあの福島瑞穂さんなので、二月二十五日には東京地裁の法廷で福島瑞穂VS.松下センセという珍しい光景が展開されるはずである。

でもまさか、被告警視庁は「原告松下は怨むどころか、われわれに感謝しているではないか」といって、『怒りていう、逃亡には非ず』の「あとがき」を証拠に持ち出したりはしないでしょうねえ。

（注）一九八七年末から八八年初めにかけて、日本赤軍がらみの家宅捜索が全国を吹き荒れた。根拠もない捜索を受けた者たちのうち六十余名が国に賠償を求めて提訴し、東京地裁で

審理が進行している。

二十一　カプセルの中で

「——ところで、センセは今夜はどちらのホテルにお泊まりですか？　急に連絡をさせていただくようなことがあるかも知れませんから」

東京に来て編集者に会うと、よく聞かれるのが松下センセの東京での定宿はどこかということである。

「いえ、それがまだちょっと決めてないもんですから……」と、松下センセは言葉を濁してしまう。

実は定宿は決まっているのだが、あまり胸を張って編集者に明かせるようなホテルではないのだ。読者にだけはそっと明かしてもいいが、上野駅の近くのカプセルホテルが松下センセの七、八年前からの定宿となっている。

東京の編集者の間では松下センセはベテランのノンフィクションライターとしてよく知られた名なのだが（名は知られているが実物と会った編集者はめったにいないので、〝マボロシの作家〟ともいわれているらしい)、そんなベテラン作家の定宿がカプセルホテルだとは、いくらなんでもいえないではないか。

ベテラン作家が缶詰になって執筆するホテルといえば、たとえばお茶の水の山の上ホテルなどという由緒あるホテルと決まっているのだ。

カプセルホテルを御存知ない方のためには、少し説明が必要だろう。

今風木賃宿という説明がぴったりなのだが、さしずめ夜行寝台列車の上段の寝台（下段ではありませんぞ）を思い浮かべていただくとよろしい。ちょうどあれくらいの長方形のカプセルが一人分の宿泊スペースで、このカプセルが二個ずつ上下に重なってズラリと並んでいるのだから、異様な光景といえば異様に違いない。

カプセルに入るには身をかがめて入らねばならない。中では座っていても天井につかえそうなほどの低さなので、寝てしまうしかない。寝て足を伸ばせば、もうカプセル内に余分の空白はないし、ウーンと腕を横にひろげようにもそんな幅もないのだ。

よくぞこれほどにタテ・ヨコ・タカサを切り詰めたものだと感心させられるほどに、人ひとりがやっと寝られるだけのギリギリの空間が設計されていて無駄がない。

荷物類や脱いだ服はカプセル脇の細いロッカーに納めて鍵を掛けるようになっている。フロントで渡されるのはこのロッカーのキーだけで、カプセル自体にはドアもないのでキーもない。カプセルの入口はカーテンウォールになっているだけなので、もし誰かがあけようとすればあけられるのだ。

尤も、もしカプセルの入口が扉で密封されるのだったら、さながら繭《まゆ》の中に閉じ籠められてしまったような閉塞感に襲われるかも知れない。その点、カーテンウォールとは心理的によく考えられている。ただし、カーテンウォールでしか閉じられないカプセルなので、カプセルホテルは男子専用になっていて女子は泊まれない。

松下センセがカプセルホテルを定宿にしている理由の第一は、いうまでもなく料金の安さにある。なにしろ、一泊三四〇〇円というのがありがたい。いや、宿泊のたびに三〇〇円のサービス券が貰えるので、次回に泊まるときには差し引き三一〇〇円の計算になる。それに、一番小さな缶ビールだが一個がサービスでついてくるというおまけまである。いま、都内のビジネスホテルが一泊七〇〇〇円以上はするのだから(もちろん、食事なしで)、半額以下の安さである。浴場もトイレも共用だが、結構清潔にできているし、不便はない。

しかし、松下センセがカプセルホテルを利用するのは、料金の安さだけが理由ではない。もちろんそれが第一の理由には違いないが、いつ行っても予約なしで泊まれるという安心が第二の理由になっている。いきなり行っても満員で断られるということは、まずないのだ。

さらに第三の理由もあるのだが、これは松下センセのちょっと特異な事情とかかわっている。

以前にも告白したことがあるが、松下センセはホテルの部屋に一人で寝るのがこわいのだ。そのこわさの説明が厄介なのだが、誰かに襲われるかも知れないといった種類の現実的な恐怖ではなく、自分でこわいマボロシをつくりだしておいて、そのマボロシにおびえているのだからこっけいというしかない。これが厄介なのは、そもそもが理屈に合わないおびえなのだから、理性での制御がきかないときている。

たとえば眠りに入りかけた頃、急に布団の上に大きな猫が乗っかかってきて、その重さで金縛りにかかってもがいてしまうといったことはよくある。あるいは部屋のどこからともなく女性のかすかな呼び声やすすり泣きが聞こえてきて、たちまち往年の〈口裂け女〉を想い浮かべて震えてしまうといったふうである。

やむなく一晩中部屋の明かりという明かりをつけっぱなしにして、窓も夜空に向けてあけて寝るのだが（誰かが侵入して来ることを考えれば、窓をあけておく方が不用心でこわいはずだが、理屈に合わぬ恐怖にさいなまれている松下センセは、外に向けて窓をあけ放っている方が安心するのだ）、それでもほとんど眠れぬ夜を明かすことになる。

その点、カプセルホテルはまことに松下センセ向きにできている。なにしろ、天井の上にはもう一個のカプセルが乗っかっているので、上の部屋の宿泊客の身じろぎする音さえ伝わってくるのだ。さらに隣りのカプセルの気配も伝わってくるし、廊下を歩く足音もカーテンウォール越しに筒抜けとなって聞こえる。だから落ち着けないという客もいるだろうが、松下センセはこんなざわめきの中でむしろ安堵している。
ホテルの部屋で一人で理屈に合わぬもやもやした不安と恐怖におびえていることからすれば、上にも隣りにも人がいることの安心感は格別である。カプセルホテルにこんな効用を感じている客は、松下センセくらいなものかも知れない。

一九八八年一月二十九日の警視庁による家宅捜索を不当として国（法務省）などを相手に訴えた国賠訴訟も、すでに五年余を経過している。このところさぼりがちだった松下センセだが、いよいよ〝本人尋問〟とあっては出廷しないわけにはいかない。多忙な福島瑞穂弁護士とは前日に打ち合わせをするために二月二十四日に東京へ来たのだが、その夜の宿もおなじみの上野のカプセルホテルである。

自らが受けた理不尽な家宅捜索を、「これは不当な捜索でした。お詫びします」といわせるためには、迂遠きわまる裁判という方法しかなく、そのためにビンボー作家松下センセも多額の旅費を使って東京地裁まで出てこなければならないのだ。踏んだり蹴ったりとはこういうことをいうのだろう。宿泊がカプセルホテルにならざるをえないのも当然である。

「いま、ホテルに着いたよ。いつものカプセルだ」

ロビーに一台しかない公衆電話で細君の声を聞く。もちろんカプセル内に電話はない。

「ちゃんと、夕食はたべたの?」

「いや……昼前に新幹線の中でサンドイッチを半分食べたきりだよ」

朝も夕方も食べていない。家を離れ細君から離れると、とたんに食欲を失ってしまう松下センセである。まことに厄介な性格というしかない。

「さびしいの?」

「さびしいから、こうして電話してるんだよ」

「うちだって、さびしいわ。——これからどうするの?」

「ここはもう寝るしかない所だから、いまから寝るよ」と告げて電話を切る。

カプセルホテルは、ほんとに「寝る」だけの機能しかない。なにしろカプセルの中に入ると、もう仰臥《ぎょうが》する以外の姿勢はとれないのだ。座っていられないことはないのだが、天井につかえそうで落ち着かない。もちろん、書き物をしようにも机の入る余地などないときている。

仰臥すると足の方の天井近くに小さなテレビが備えられている。寝ながらテレビを観ることができるしかけである。このテレビは無料で観られるが、「ビデオが三〇〇円で三十分観られます」という説明がついている。いうまでもなくボカシ入りのポルノビデオなのだ。

所在なさについ観始めてしまうのだが、最初から三〇〇円を入れる必要はない。一〇〇円玉を一つ入れれば十分間は映るのだ。つまらなければそれでやめればいいし、オーッ、これはなかなかだぞと思えば、また一〇〇円玉を追加すればよろしい。

だけど、一〇〇円玉を投入するたびにコトリと落ちる音は、上のカプセルにも隣りのカプセルにも聞こえるわけで、「フーム、隣りの御同輩、熱心に観てるな！」と悟られるのはいたしかたない。

いやはや、ときには傑作を書いたりもするベテラン作家松下センセともあろう者が、カプセルの中で一〇〇円玉をコトリと投入したりしているのだから、なさけない光景ではある。

思えば、松下センセだって帝国ホテルに宿泊したこともあるのだ。『ルイズ――父に貰いし名は』が第四回講談社ノンフィクション賞を受賞し、その授与式に上京したときには、講談社がキープした帝国ホテルの豪華な一室に細君と杏子を連れて泊まったものだ。あのときが絶頂だったんだなと、いまにして思うのだ。

受賞をきっかけに波に乗るはずだった松下センセは、まるでその受賞だけが突然変異であったかの如く、以降も上昇気運に乗るどころかずるずると下降線を辿ってきて、いまやこうしてカプセルの中で「さて、もう一〇〇円分ポルノビデオを観ようかどうしようか」などと迷ったりしているのである。

本当はこんなおろかしい時間を過ごしている場合ではないのだ。松下センセは理不尽な家宅捜索をした国にオトシマエをつけるために東京に来ているのであり、明日はその本番法廷なのだ。福島弁護士からは数頁にわたる尋問事項の草稿を渡され、復習しておいて下さいと念を押されているのだ。

そうなのだ、明日は東京地裁の法廷なのだと自覚したとたん、突然松下センセの脳裡にはとんでもない妄想が浮かんでしまった。

「――ところで、あなたは昨夜、都内某所で三〇〇円分ほどポルノビデオを観ていませんでしたか？　正直に答えてくださいよ、あなたは宣誓しているのですからね」

被告である国の代理人から反対尋問でそう訊かれて、立往生してしまう松下センセを思い浮かべてしまったのだ。慌ててテレビを消してしまうと、カプセルの中は闇になる。

（一九九四・三）

二十二　うちの娘

三月二十日に開かれた「草の根通信」二十一周年春のつどいでの、梶原玲子ちゃんの司会がなかなかに好評だった。きおわない自然体の語り口にいやみがなく、松下センセの書いたシナリオを踏まえながら軽やかに自分の言葉に置き換えていた。玲子ちゃんの司会起用が、パーティ成功の一因であったといっていいだろう。

二十九歳の女性をつかまえてちゃん呼ばわりもないものだが、梶原夫妻の娘として幼い頃からを知っているとどうしても玲子ちゃんという呼び名が改まらない。

京都在住の玲子ちゃんは、パーティのあとも一週間後の友達の結婚式に出るために中津に残ったが、そのせいで松下センセと細君はとんだ厄介者を背負いこむことになってしまった。

三月二十六日午後四時半、町に出て中津駅前にいた松下センセと細君にスッと一台のライトバンが来て止まった。降りて来たのは和嘉子さんと玲子ちゃんで、その玲子ちゃんの胸にはなぜか子犬が抱かれている。

「ちょうどいい所で会ったわ。船場まで行くところだったんよ」と玲子ちゃんにいわれて、松下センセになにやら悪い予感が走る。

「松下さんは、わたしの司会にとっても感謝してるっていいましたよね」

「いいましたよ。――だから、パーティの翌晩、ごちそうしてあげたやろ」

「えーっ、感謝の気持ってあれだけなんですか？　てんぷら定食の松って一五〇〇円でしたよ」

「よろしい。それじゃあ思い切って、京都までの帰りの切符を買わせてもらいましょう」

「いえ、そんな心配はしていただかなくていいんです。――そのかわり、この子犬を飼ってやってほしいんです」

「いったい、どうしたの？」

「さっきね、アーケードの入口でチョロチョロしてたんよ。おとうさんに車を止めてもらって見てたんだけど、近くに親犬はいないし、捨犬なんよ。そのままにしてたら車にひかれそうで、つい拾ってしまったんよ。だってね、こんなにかわいいんだもん。――いいでしょ、飼ってやってよ」

「玲子ちゃんが拾ったんだから、おとうさん、おかあさんに頼みなさい」

松下センセの突き放したいいかたに、和嘉子さんがいいわけをはさむ。

「わたしだって、飼いたいわよ。でも、学生寮は規則で生き物を飼えないようになってるの。――ねっ、おとうさん、そうよね」

娘の交渉にタッチしまいとして車から降りて来ない得さんにむかって、和嘉子さんは同意を求めた。

「だったら、元の場所に置いてくるべきだよ。人に押しつけるなんて、身勝手というもんです」

「そんな冷たいこといわないでよ。どうせ二匹飼ってるんだから、一匹ふえたって同じことでしょ。——ね、洋子さん、いいでしょ。ほら、ほら、洋子さんにいきたがってるわ」

玲子ちゃんは細君の腕に子犬を押しつけて渡した。

「アーッ、これ、メス犬じゃないの」

子犬を抱き上げて腹部に眼をやった細君が、悲鳴のような声をあげた。

「メス犬はごめんだわ」

「だから、もし避妊手術をするんだったら、梶原家が責任は持ちますから。ねっ、おとうさん、約束するわね」

「ああ、それは約束します」

相変わらず運転席にこもったまま、声だけが答える。

「ちょっと考えさせてもらうわ」

細君は子犬を玲子ちゃんの腕の中に戻した。考えさ、さ、さ、させてもらうわは、細君の婉曲的拒否なのだが、玲子ちゃんは「なるべく早く結論を出してね」といって車に戻って行った。

その夜、玲子ちゃんから電話がかかって来たときには、子犬のことなんか忘れていた松下センセは慌てて電話を細君にまわした。細君の口から断らせようと思ったからだが、どういうわけか細君がいともあっさりとOKの返事をしたのには驚かされてしまった。

「そうやなあ。三匹まとめて面倒みることにするわ。どうせエサをやるのもなにも、最後はわたしの仕事になるんやから。——いまから連れて来てもいいわよ」といってから、

「はいはい、どうぞ別れを惜しんでください」といって細君は笑った。

今晩は大学側に内緒で子犬を泊めたい、と和嘉子さんがいっているのだという。ちょうど春休みで寮には学生もいないのだ。

翌朝十時半、得さんと和嘉子さんが車で子犬を連れて来た。新しい首輪をつけている。

「今朝もね、まだ寝てるところに来て顔をベロベロなめるんよ。ほんとにもう無邪気になつくんよ。なんだか娘をお嫁に出す心境やわあ。——ランちゃんもインディも、うちの娘をいじめないで、かわいがってね」

和嘉子さんは二匹の先住者に〝犬用ガム〟を持参して頼みこんでいる。ランもインディも、突然仲間入りして来た小さきものをしきりに嗅ぎまわしているが、別に吠えたりはしない。

松下センセ宅の犬は、裏庭に放し飼いになっている。裏庭といっても、やっと洗濯物を干すだけの広さでしかないのだが、さいわいなことに裏庭から表の通りまで、家の外壁沿いに路地のような通路がフェンスで囲まれているので（しかもフェンスの外は空地越しに大通りを見通せるので）、かなり自由に動き廻れるしいつも外景を眺めているといった開放感もある。

避妊手術をしてから肥ってしまったランはもう八歳になるので、人間でいえばお婆ちゃんに近い年齢だが、オス犬のインディは一歳半でやんちゃ盛りといったところ。両者に血縁関係はない。これに三匹目が加わったのだが、生後一カ月くらいと思われるこの子犬は、二匹の先住者に対してまったくものおじしない。幼な過ぎて自分の置かれた状況がわからないのだろう。

横の通路の表通りに面した扉の下方が少しあいていて、そこから子犬が外に出るのに気づいて得さんが小一時間をかけて、扉をさげる作業をする。

「おい、いつまで別れを惜しんでるんだ。もう帰るぞ」

いつまでも子犬に構っている和嘉子さんを、得さんは促さねばならなかった。

「それじゃあね。かわいい名前をつけてもらうんよ」

そういって帰って行った和嘉子さんだったが、夕刻になってこっそりといった感じでまたやって来た。

「ねえ、洋子さん。やっぱりもう一晩だけ貸してもらえん？　あしたになったら必ず連れて来るから」

「そんなことされたら、いつまでたってもチェリーがこちらになじまんから困るんだけどなあ」

和嘉子さんと細君が、チェリーをめぐってなにやら実家の母と嫁ぎ先の母のさや当てといったやりとりをしている。桜の季節にちなんで子犬をチェリーと名付けたのは杏子だ。

和嘉子さんはチェリーを奪うようにして自転車の籠に入れて帰って行ったが、あとで得さんから電話がかかってきた。

「わしに内緒で連れに行ったんよ。春休みの間だけでも飼えんかちいうんやから、困ったもんです。あすには必ず返させます」

チェリーが返されて来たのは翌日午後二時で、和嘉子さんの手を離れるや否やランとインディに駆け寄って行き、もう和嘉子さんの方を振り向きもしない。親の心、子知らずといった光景で、「やっぱり、しょうがないもんやなあ」と和嘉子さんは呟いている。

それからというもの和嘉子さんは毎日電話をしてきて、「うちの娘は元気にしてるでしょうか」と問うのだ。そして京都の玲子ちゃんにも報告しているらしい。

「チェリーは病気みたいよ。体温が高過ぎるわ」と細君がいいだしたのは、近くの二の丸公園の桜が満開となった四月九日午後のことである。

「ほら、おなかにさわってみて」とチェリーを抱かされるのだが、子犬の体温の常態がわからない松下センセには判断がつかない。

「こんなものなんじゃないか？　それに、元気そうに動いてるじゃないか」

下に降ろすと、チェリーはたちまちインディにじゃれかかっていくのだ。年齢のせいかランがうるさがるのを知っていて、すっかりインディになついてしまっている。

「どうも、いつもほどの動きじゃないみたいやけど……」

細君は首をかしげていたが、とうとう二日後に近くの犬猫病院に抱いて行った。

「ほら、みなさい。やっぱり肺炎を起こして、片肺にいっぱい水がたまってたやないの。どうして早く連れて来なかったかって叱られたわ。子犬はね、熱が高くても平気で動き廻るから、なかなか病気に気づかないんだって」

注射を二本打たれたといって、細君は帰って来た。当分、注射に通い服薬しなければならないという。

早速、松下センセは和嘉子さんにチェリー病むの報告を電話で入れる。

「これまでランもインディもほったらかしで育ったけど、今度はどうもひ弱な娘をもらってしまったようだね。一回二〇〇〇円の注射をしばらく打たねばならんそうだよ」

半分からかっての電話だったのに、和嘉子さんはムキになって声をとがらした。

「ひ弱な娘をむりに押しつけて悪かったですわね。その注射代はわたしが払います」

すっかり、娘を嫁に出した実家の母になりきっている。

「別にあなたに出してもらうつもりはないよ。チェリーはもう、うちの娘なんだから。こちらで責任をもってなおしますよ」

なんだか松下センセまでが、嫁を貰った父親のようないいかたになってしまう。

二日後、和嘉子さんは本当に治療代を持って駆けつけて来たが、もちろんそんなものは受け取れるわけがない。

「じゃあ、今日だけでも、チェリーをお医者に連れて行かせて」といって、和嘉子さんはチェリーを注射に連れて行った。

しばらくして帰って来た和嘉子さんを見て、仰天してしまった。首から胸にかけてひどいひっかき傷が幾筋も走っているではないか。

「注射をするときつかまえててと先生にいわれて、抱き方がへただったんよね、チェリーがもがいてひっかかれてしまったわ」

鏡を見て、和嘉子さんもびっくりしている。

「悪いことをしたなあ。得さんに叱られるなあ」

詫びる松下センセに、和嘉子さんがいいました。

「だって、うちの娘のしたことやもん。しかたないわ」


（一九九四・五）

二十三　底ぬけの散歩

一年の内で今日が一番美しい日ではないだろうか——と、そんな思いに駆り立てられるような日が、五月という月には幾日かある。

雲一つない五月晴れで、爽やかな風に若葉がひるがえりこまかな光を散らしているような日がそれで、やはり風が一つの条件になっているようである。風に光を感じるような一日だ。

そんな日の松下センセは朝からそわそわして、なにも手につかなくなる。光と風となにかの予感に誘われて、心が宙に浮いている。とてもではないが机などにむかってはおれない。

それでも午前中はなんとか我慢しているが、昼食をすませるやいなやもう待ちきれない。

「おい、今日は早目に散歩に出ようよ」と、細君をせかし始める。三匹の犬を連れての散歩が日頃は午後四時頃からなので、三時間も早いのだが。

「そんなことといっても、まだ洗濯物が山ほど残ってるんよ」と主婦顔をする細君に、「そんなことはあしたにまわせばいいんだから」と、松下センセは無責任なことをいっている。一年にまたとないような美しい日かも知れないのに、むざむざとそれをやり過ごしていいものかという、切ない焦りに追い立てられている。

「ランもインディもチェリーも、早く行きたくてそわそわしてるよ」とでたらめをいうと、「そんなことないわ。三匹とも裏の日陰に寝そべってるわよ。洗濯物を干しに行って見たんだから」と細君が笑う。

こんな美しい日に何の感応もせずに寝そべっているのだから、松下センセ宅の三匹には詩人の稟質《ひんしつ》はないと断定せざるをえない。いずれも雑種のとりえのない駄犬なのだ。

「それに、午後おねえさんが寄って来ることになってるじゃないの」

「あっ、そうだった」

細君にいわれるまで忘れていたことだが、「どうせ待っててもいつになるかわからないんだから、書き置きをしておくよ」と答える。

「じゃあ、少し干す物が残ってるから、それだけを急いで片付けるわ」

ほんとにもういいだしたらきかないんだから、といった顔をして細君が裏庭へ出て行った。

結局、松下センセと細君と三匹の犬が家を出たのは、午後二時だった。日射しが強くなって、細君は白い日傘を差している。

家には書き置きを残している。松下センセ宅は留守のときもだいたいがあけっ放しなので、表の部屋のドアに貼っている。とりあえずは姉に宛てたつもりだが、他の来訪者がもしあればその人にも宛ててというつもりである。

〈薫風に誘われて、河口へ行っています。いつ帰るかわかりません。御用の方は河口へ来てください。たぶん、山国橋の下に座っていますから、川辺をさかのぼって来てくださ

い〉

日射しが強くなってきてから、二人が来て座る場所が山国橋の下の日陰にきまっている。松下センセは太陽にさらされることは苦にならない方なのだが、細君がやはり日焼けを気にするのだ。大分県と福岡県の境になる橋の下で、やわらかに敷きつめたように咲くウマゴヤシやシロツメクサやヤハズソウの草むらに座っている。ニワゼキショウやヒナギキョウも点々と咲いていて、そんなひ弱そうな小花を尻に敷かないように気を配らねばならない。

ランはおっくうなのか二人の傍に寝そべっていることが多いが、チェリーとインディは草むらを疾駆してじゃれ合っている。弾丸のように突進して来るインディに突き転ばされたチェリーの小さな身体が丸まって、ボールのように草の上をはずんで二、三回転もすることがある。

一気に土手を駆け上り駆け下り、今度は川の中にまでもつれるように走りこんでさんらんと水しぶきをあげている。じっとしていたくても身体がおのずとはずんでしまうように、若い命が本能のままに躍動し跳ねている姿は、いくら見ていてもあきることがない。ときにはインディとかくれんぼをしているかのように、丈高いススキの青葉の中にチェリーが小さな身体をひそませているしぐさに、微笑を誘われる。

散歩とはいっても、こうして草の上に座っている時間の方がはるかに多いのだから、本当のところ何といえばいいのだろう。〝草上の語らい〟としゃれこむには、松下センセも細君も口数が少なくて……。

「うっとりするなあ」

松下センセが声に出して呟くと、細君が「もう、三回目よ」と笑う。傍にいるのが細君だけということに安堵して、松下センセは同じ呟きを繰り返しているのだ。

さっきから土手を風が駆けのぼるたびに、いっせいに斜面の草々がなびくしなやかな美しさに、心がざわめいてやまない。緑のスギナの中に織りこまれているように、チガヤの穂波がしろじろと光るのを見ていると、たまらなく懐しいことを想い出しそうになるのだが、しかし具体的にはそれが何なのかを想い出せない。なにか永遠の憧れにとりつかれたようにうっとりしながら、こういう時をこそ至福の時というのではあるまいかという満ち足りた思いに浸っている。

松下センセが自分でもしあわせだなと思うのは、こうして風や草や川面のきらめきに心からうっとりなれるからで、このうえなく〝安上りのしあわせ〟で充足できるというところにある。細君がまたその点ではそっくりなので、心置きなく二人で〝安上りのしあわせ〟を満喫できるのだ。

こんな風と光の中に細君と二人で浸っていられるのなら、松下センセは他に何も望まないし、細君もまたそういっている。

「ランちゃんにも長生きしてもらわんとね」

細君はシロツメクサの花で編んだ花輪を、傍に寝そべる老犬の首にかけてやるのだ。ランは迷惑そうな顔をしているが、それでも振り落とそうとはせずにおとなしく白い花輪をかけられたままでいるのがおかしい。


「カモメたちも、もうカムチャツカに着いているころかなあ……」

満ち始めている川面のきらめきを見やりながら、細君がいうのだ。

「もう、一週間だからなあ。着いてるころなのかなあ……」

松下センセにも見当がつかない。この河口からカモメの本隊が姿を消したのは五月十二日から十三日にかけてだった。北へと帰る長い旅に出たのだ。

もうそろそろだなと二人でいいあっていたので、カモメの群れが飛び立ったと知った日は、なんだか寂しかった。

「よく遊んでもらったからなあ」と松下センセは、そのとき細君に感慨を洩らしたのだった。

去年の十月半ばから今年の四月末まで、ざっと半年間ずいぶんパン屑を与えたカモメたちだが、実態としては松下センセと細君がカモメたちに遊んでもらっていたといった方が正しいだろう。

カモメの大群がいなくなって河口の風景が寂しくなっているが、しかし全部が姿を消したのではなく、まだ数十羽が残っている。遅い出発をするつもりなのか、それともこのまま居残るのか、いまのところわからない。

カモメやカモがいなくなったかわりにシギやチドリの類がふえていて、川面を伝うように鋭い鳴声が絶え間なく響いている。

「あのキレハもカムチャツカまで飛べたかなあ」と、細君が遠くを思う眼になる。パン屑をついばみに来るカモメの中に、羽のつけ根の部分が切れたようになっている一羽がいて、細君はキレハと呼んで気にしていた。河口で飛ぶぶんには特に不自由とは見えなかったが、大洋を渡って行く長旅ではどうだろうか。脱落して命を落とす鳥も少なくないのかも知れない。

突然、チェリーが吠え始める。散歩の人に曳かれた黒犬が通って行くのだ。ランもインディもおとなしく見ているだけだが、チェリーはしっぽを巻きこむようにしながら吠えている。こわいのだ。そろそろ、犬の散歩のラッシュが始まる。

「さあ、帰るよ」

細君は犬たちに声を掛けて立上りながら、「夕食の用意がないんやったら、このまま夕日になるまでいるのになあ」と呟いている。

夕刻五時を知らせるサイレンが遠くに聞こえて、空にはもう薄月が見えているが、夕日が赤く燃えるまでにはまだまだ時間がある。

川辺のキキョウソウを摘んで、帰って来たのは五時半だった。机の上に薄皮まんじゅうの包みと、姉(注)の置手紙があった。

〈浮き世離れしたあなたたちの〝散歩〟につきあうほど、わたしはヒマ人じゃありませんから帰ります。おじいちゃんの一周忌のことでそろそろ相談しようと思ったんだけど、また別の日にします。本を三冊借りていきます。

——それから、たとえ散歩に出かけるときでも、戸じまりをして行った方がいいわよ。あなたたちの〝散歩〟は底抜けなんだから〉（一九九四・六）

(注)　松下センセには一人の姉と四人の弟がいるが、中津市内に在住するのは、幼稚園の保母をしている姉と印刷店を経営する弟で、松下センセはなにかとこの二歳違いの姉をたよりにしている。

二十四　一〇万円のスピーチ

「草の根通信」連載の「信濃の山里からの便り」で、内山卓郎さんが礼服のことで兄さんともめて甥っこの結婚式に出席しなかった話を読みながら、思わず笑ってしまった。ちょうど松下センセもまた、甥っこの結婚式に出てもらえないかという話が来ているときだったのだ。

松下センセの二歳年下の弟雄二郎が埼玉県上尾市にいて、三共製薬に勤務している。この弟の長男が結婚するのだという。

「兄貴にぜひひとことスピーチをしてもらいたいんだ。洋子さんと一緒に来てくれないか」と電話をしてきた。

雄二郎の会社や交友関係の間では、作家の兄がいることは結構知られていて、新聞などに松下センセの文章が載ったりすると必ず誰かが切抜きを持って来てくれるらしい。せっかくの機会だから、息子の結婚式に作家の兄のスピーチで花を添えてもらえないかという雄二郎の気持は、手に取るようにわかる。

弟思いの松下センセは承知した。ちゃんと礼服も当地の貸衣装屋で借りて行くことにする。もちろん、松下センセもあのノンフィクション賞授賞式以降まだ一度もネクタイを締めたことがないという人種なので、礼服の嫌いなことは内山さんに劣らぬのだが……。

だが松下家の場合は、礼服着用のことよりも他のことが問題となった。

結婚式には中津から松下センセ夫妻と、印刷店の紀代一（三男）夫妻と、姉陽子の五人が一緒に行くことになったのだが、紀代一が「夫婦で式に出るとなると、祝儀は一〇万円ははずまんとな」といいだしたのだ。三万円くらいかなと踏んでいた松下センセはびっくりしてしまった。

「甥の結婚式なんだから、一人五万円が相場だよ」と紀代一がいい、姉に確かめると「そんなものよ」というのだ。

「冗談じゃないぞ。おれはとてもそんなには包めんぞ」

松下センセは悲鳴を発した。細君と二人で埼玉くんだりまで行くだけでも八万円の旅費がかかってしまうのだ。収入乏しき松下センセには手痛い出費というしかない。その上に一〇万円の祝儀だなんて……。

「でもね、それだけのことしとけば、今度はケンちゃんやカンちゃんの結婚のときに、それだけのお返しがあるんやから、同じことじゃないの」といいだす姉を、「いや、いや、それがちがうんだ」と松下センセはさえぎった。

「うちはね、健一と歓にちゃんといいわたしてるんだ。一円の金も出してやれないんだから、結婚式は考えるなよ、できれば勝手に同棲してくれよ、もし式をするんなら友達同士の会費制にしてくれよって。ケンもカンもそのことはわきまえてるから、うちは結婚式はないんだ」

「いくらあんたがそんなことといっても、結婚というのは相手があることですからね。娘さんの親が晴れ姿を見たいといいだしたら、どうするの」

「そんな娘とは結婚するなといいわたしてるよ」

「ほんとにもう、あんたときたら世間の常識が通用しないんだから……」

内山家は礼服のことでもめたが、松下家はいっそうみみっちく祝儀のことでもめる気配となってきた。松下センセは雄二郎に電話をした。

「結婚式出席の件だけどなあ……、おれ、やっぱりやめようかと思うんだ。伯父貴らしい祝儀が包めんのでね」

「なに馬鹿いってんだ。兄貴はスピーチが祝儀なんだからさ、来て挨拶してもらうだけで嬉しいんだ。ビンボーな兄貴から包んでもらおうなんて思わんよ」

「そうか……スピーチをおれからの祝儀と考えてくれるか」

「ああ、秀樹にもそういっておくよ」

雄二郎は結婚する息子の名をあげた。

「おい、祝儀は包まんことにしたよ。おれのスピーチが祝儀だと雄二郎がいってくれるんだから」

松下センセが告げると、細君が「へえ、一〇万円分のスピーチやなあ」と感嘆してみせた。いわれてみれば、せいぜい五、六分間のスピーチで一〇万円を免除してもらおうということなのだ。よほどの名スピーチをしなければなるまいと考えて、はたと困惑してしまった。二十五歳になるというこの甥っこのことをまるきり知らないのだ。

年に一度か二度は所用で東京へ出て行く松下センセだが、更に上尾まで足を延ばすのが億劫《おっくう》でもう十年くらいも寄りついていない。幼い頃の秀樹君しか知らないのだ。いくら松下センセだとて、これでは名スピーチのしようもない。まあいいか。当日、式場での他の人のスピーチを聞いた上で、他の人が話さないようなことを話せばいいのだと思いきめた。

四日間だが家を空けるについて、細君の気がかりは幾つもあった。

まっ先の心配は、杏子の朝起きである。毎朝、細君が七時十分には起こすのに、この子が家を飛び出して行くのはたいてい七時五十八分から八時というぎりぎりの時刻になる。八時に家を出たのではほぼ遅刻になるらしく、クラスの遅刻常習リストの筆頭に載っているという。なぜそうなるのかさっぱりわからない。間に合うはずなのに、結局は朝食を取ることもできずにあたふたと飛び出してしまうのだ。髪の手入れや洗顔や服装などのことで手間どるらしい。とにかく二分、三分を争っているので、自転車事故でも起こさねばいいがとハラハラさせられている。

健一の方も家から出勤しているが、彼は八時十分に家を出ればいいので、起きるのも七時半頃になり、杏子を起こすということにはならない。とにかく、杏子と健一に関しては旅先から電話で起こすことに決めた。

厄介なのは三匹の犬の散歩と餌の世話だ。四日間を交互に犬の係をつとめることを健一と杏子で決めていたようだが、おそらくそそくさとした短い散歩になるにちがいなく、日頃一時間以上の散歩に慣れている三匹にとっては不満の残ることになるだろうが、四日間のことだから我慢してもらうしかあるまい。

さらに厄介なのは雨漏りへの対処だが、これはもうお手上げと諦めるしかあるまい。例によって本格的な屋根修理もすることなく梅雨期を迎えてしまい、雨の降るたびにひどい雨漏りに見舞われているのだ。留守中の四日間に九州は大雨が予測されているのだが、杏子や健一のいない昼間に大雨となれば、対処する者のいないままに家の中は雨が降り放題となるだろうが、これはもう手の打ちようのないことだ。

留守中の土曜の夜は健一がいなくて杏子は一人ぽっちになるので、「友達に泊まりに来てもらったら」と細君が勧めるのだが、杏子は「いやよお。ダニのいる家なんかに友達は呼べないよ」といっている。松下センセ宅は、このところ〝ダニ騒動〟の真最中なのだ。家族全員がカユイ、カユイと全身をボリボリやっている。もちろん、バルサンも焚いてみたし、ダニアースも使ってみたが、いまのところ効果はあがっていない。

どうやら、この陋屋《ろうおく》をわがもの顔にちょうりょうしているネズミがダニをふりまいていると思われるので、まずネズミから退治しなければダニ騒動もおさまるまいと思うのだが、このネズミとの闘いでも家主側の旗色は悪くて、いままでに子ネズミ二匹という戦果でしかない。杏子が友達を家に呼べないと嘆くのもむりはない。こういう問題となると、松下センセはもう手も足も出ないというデクノボウぶりである。どなたか、ダニ退治、ネズミ撲滅の妙案があれば御教示いただきたい。

とにかく、あれもこれも頼りにはならない杏子なのだが、まかせて出かけるしかないと細君も腹をくくった。

埼玉県南浦和の結婚式場で、披露宴は午前十一時から始まった。九十人からの出席者だが、花婿も花嫁も会社勤めということで来賓挨拶もそれぞれの上司なので会社の宣伝がスピーチの半分以上を占めている。さらに市長のスピーチなどがあって、聴いている松下センセはそれらのスピーチとはくっきりと異なる話にしようと頭の中でまとめていた。

ところが、松下センセがスピーチを求められたときには、なんと花婿も花嫁も式場から消えていた。二度目のお色直しとかで二人とも退席しているときだったのだ。とっさに松下センセは花婿向けではないスピーチに切り換えることにした。弟雄二郎に呼び掛けて話し始めたのだ。

「きょうは弟雄二郎の長男の結婚式に出席して、私には格別な感慨が湧いています。三十年前、私は雄二郎の結婚式に出席してやれませんでした。大分県中津市という田舎町で、小さな豆腐屋を守って生きるだけに精一杯という日々で、とても東京に出て来る余裕はなかったんです。

私たちは六人姉弟で、私が長男で雄二郎が次男です。他に二人の弟と一人の姉がいます。私たちの父母は戦後の貧しい苦しい時期を、豆腐屋をしながら私たち六人を育ててくれました。機械などない頃のことで、暗い内から起き出て石臼で大豆をひいていた父母の後姿を私たちは忘れられません。

その仕事場で母が倒れたのは一九五六年五月のことで、一昼夜の昏睡《こんすい》から醒めぬままに母は息を引取りました。いまでいう過労死だったと思うのですが、まだ四十五歳の若さでした。

一家の柱のような存在だった母を喪《うしな》って、私たちの苦しみの日々が始まりました。私は大学への進学を諦め父と共に豆腐屋として働き始めましたが、雄二郎はなんの当てもなく職を求めて東京へと出て行きました。

それ以降の雄二郎の苦闘ぶりは、私とそしてきょう一緒に出席している姉とが一番よく知っています。悲鳴のように送金を乞う速達が何度も何度も届きました。ひもじい日々に耐えているという切ない訴えも受取りました。

疲れ果てて都落ちしてきた弟が、再び気を取り直して東京へと出て行く夜行列車の紅いテールランプを見送っていたのが昨日のように思われます。

きょうは秀樹君のおめでたの場ですが、私はあえて三十年前に結婚式に出てやれなかった詫びもこめて、雄二郎に『よくここまでやったな』と、ねぎらいの言葉をかけてやりたいと思います。そして同時に、雄二郎とその家族の今日《こんにち》をあらしめて下さった御出席の皆さんに、雄二郎の兄として心からお礼を述べさせていただきます。本当にありがとうございました」

雄二郎はあとで何もいわなかったが、細君の報告ではスピーチの間中何度も目頭を押さえていたという。雄二郎のかわりに妻の美子さんが「一気にいろんなことがよみがえって、胸が一杯でした」と耳元でささやいた。

一〇万円分のスピーチとはとてもいえないが、兄弟のよしみで少々高値に買ってもらったということにしておこうか。

（一九九四・七）

二十五　変節などするものか

〈あの部屋は私にはとうてい耐えられそうにありません。よく耐えていらっしゃると頭が下がります〉

七月半ばに松下センセ宅を訪ねて下さったKさんが、後日の手紙の追伸にそう書き添えてきた。

なにも松下センセ夫妻はKさんから頭を下げられるような偉いことをしているのでもなんでもなく、ひたすら瘦せ我慢に耐えているだけのことなのだから、むしろおろかしいことにこだわり過ぎているといった方が当たっているかも知れない。

杏子だっていうのである。

「おとうさんのガンコな考え方は、いまどきもう化石みたいなもんよ。時代は動いてるんよ。あの村山首相だってどんどん考えを変えてるんやから。おとうさんが一八〇度考え方を変えたって、誰もおどろいたりしないよ」

いやはや、なかなか鋭いところを突いてくれる。大分県選出の社会党衆院議員の村山さんだから、松下センセも日米合同軍事演習反対の会場などで何度か挨拶を交わしたこともあるのだが、いやはや変貌してくれました。

「東西冷戦の解消によって、わが党が党是としてきた非武装中立は、ますます現実性を増してきました」と胸を張って表明するのかと思っていたら、「東西冷戦の解消によって、非武装中立の役割は終ったと認識しております」と国会で公言してくれたものだから、唖然呆然とさせられてしまう。

松下センセが「家族全員の健康を熟慮した結果、部屋にごく小規模のクーラーをつけることにしました。――とはいえ、原発に反対する主張にはいささかの変化もなく、〝暗闇の思想〟(注)も思想としては堅持していることというまでもありません」と宣言しても、もう誰も驚いたりはしないのかも知れない。〝大胆に変わる〟ことこそが時代の潮流であって、〝変節〟などという言葉ももはや死語となりつつあるのだろうか。

六月のうちから始まった真夏日の連続で、今夏の松下センセ宅の家族部屋兼客間兼書斎兼夫婦の寝室は、さながら酷暑我慢くらべの会場といった様相を呈してきている。

もともとこの部屋は豆腐屋時代の仕事場に最小限の改装を加えているだけなので、南向きの窓も高い位置にあってほとんど風を通さないときている。午後になると西日が思いきり差し込んで、部屋の温度はいっそうあがってしまう。わざわざ室温は計らないことにしているが、アイロン掛けをしたあとなどあまりの暑さに細君は頭痛を訴えて鎮痛剤を服薬している。

困ったことに、松下センセ宅にはこの部屋なら涼しいという部屋が一つもなく、杏子のいる二階も天井の低い屋根裏を改造しての居室なので、階下よりもっと暑いかも知れない。

「いまどき、クーラーもない家には友達も寄りつかないんよ。うちはそのうえ、ダニやネズミやゴキブリまでいるんやから、もうお化け屋敷みたいなもんよ。夏休みに友達も呼べない杏子がかわいそうと思わんの？」

そんなふうに杏子から責められるのが一番こたえる。

「おとうさんの立場もわかってくれよ。このまえの九電株主総会でも、おとうさんが原発廃止を訴えるのをテレビニュースで見ただろ？　おとうさんの発言には社会的責任がともなってるんだ。原発反対を公言し節電を訴えてる当の本人が、クーラーのためにこっそりと家庭のアンペアを上げるわけにはいかんだろ？」

現在、長男の健一が家から市内の会社に勤めているので松下家は四人家族の暮らしだが、15アンペアの電力なのでときどきブレーカーが落ちて暗闇となる。電熱鉄板で焼肉をするときには、家中の灯を消しておかねばならない。これでクーラーを取り付けるとなると更に10アンペア以上が必要となるだろう。〝暗闇の思想〟の教祖として、いくらなんでもそれは許されることではない。

「おとうさん、いっそのこと反対運動から引退したらどうなの？　おとうさんがサラリーマンだったら、そろそろ停年が近い年なんやから」

そんなことまでいう杏子だが、父親の〝頑固な考え〟が変わるとはいささかも期待しているわけではなく、むしろからかっているのだ。

杏子が夏休みをアルバイトに精出しているのも、勤め先のスーパーの冷房がよく利いているからかも知れない。（そういえば、細君もスーパーに買物に行って長びくのは、涼んでいるのだろう）

杏子はバイト先の女主人から「あなたのおとうさん、がんこできびしいんでしょ。よくバイトを許してくれたわね」と聞かれたという。わが町の市民の松下センセに対して抱いている平均的イメージが、とてつもなく〝頑固な男〟ということらしい。

「ううん、みかけほどじゃないの。やさしいおとうさんなの」と、杏子は答えてくれたそうな。

松下センセと細君は、この猛暑を二つの方法でしのいでいる。

一つはシャワーである。太陽熱による温水器なので、このカンカン照りでいつでも熱い湯が出る。熱いシャワー、冷たいシャワーで身体の汗を流しているのだ。給水制限地区の皆さんには申しわけないが、中津の場合は時間給水を免れていて、松下センセと細君は一日に二度か三度はシャワーを浴びて暑気を払っている。

しかし、これにも杏子からのクレームがつけられている。

「なにもまっぴるまから二人で一緒にシャワーを浴びんでもいいやろ。お客さんでも訪ねてきたら、二人で裸でどうするつもりなの？　一人ずつ交代で浴びればすむことやろ」

もっともないいぶんながら、松下センセは細君と一緒のシャワーをやめるつもりはない。

「だってね、一人で浴びたってちっとも面白くないじゃないか。おかあさんとシャワーを掛け合ったり、身体や髪を洗い合ったりして遊べるから暑さも忘れるんだ。水遊びを一人でしたって味気ないだけだろ？　おとうさん一人で浴びるんだったら五分間で終ってしまうじゃないか」

松下センセの明快な説明にもかかわらず、杏子は「もう、おとうさんはカンペキにヘンタイよ」とさげすみの眼を向ける。いま一番潔癖な思春期の娘の眼から見ると、松下センセと細君はほとんどヘンタイということになってしまうのだ。「本当のヘンタイというのはだね……」と十六歳の娘に正しく説明してやるわけにもいかず、松下センセと細君は娘から白い眼を向けられながらも、ちっともヘンタイではない（いや、少しはヘンタイ的なのだろうか？）シャワー遊びで、この猛暑をやりすごそうとしている。

松下センセ夫妻のもう一つの避暑法は、いつもながらの三匹の犬を連れての散歩である。それも午後四時という暑い日盛りに犬を連れて出て行くのだから、なにもこんな日射しの中に出て行くこともあるまいにと、まわりからは呆れられているようだが、実は松下センセと細君と三匹の犬は〝避暑地〟をめざしているのだ。

ガンガンと照りつける日射しの中を十五分から二十分も歩くのだから汗だくとなってしまうのは当然だが（犬たちは途中何度も川に降りて水中に浸っている）、そうやって辿り着く山国橋の下が意外と涼しい〝避暑地〟なのだ。橋の日陰になっているだけでなく、なぜかここにはいつも風が通っているのだ。

ピクニック用のビニールシートをひろげて、松下センセと細君は川に向かって座り、川面を渡ってくる風に眼を細めている。もちろんクーラー並みの涼しさとはいかないが、地べたに座って草々のそよぐのを見ていると、実際以上の風を体感しているような気になる。まわりを取り巻くスズメノヒエがよく揺れている。シートにごろりと寝て青空を仰いでいると、心が宙に吸い込まれていくようである。

「おまえも仰向けに寝ればいい」と勧めるのだが、「いくらなんでも、二人で仰向けに寝てるなんて、ヘンに思われるわ」と、細君は土手道からの視線を気にしている。

橋と交差する土手道に信号待ちの車が列をなして停車するのだが、その車の窓から橋の下の二人が丸見えなのだ。信号の変わるまでを待ちながら、物珍しい光景に出遇ったかのようにほとんどの車から松下センセと細君と三匹の犬たちは見降ろされている。なかには自転車でいったんは通り過ぎた人が、また戻ってきて覗き込んだりもする。

多分もう何度も橋の下の二人と三匹を目撃した人はいて、「おや、おや、今日もいるぞ。あの二人はいったいいつも何をしてるんだろ」と、結構不思議がっていたりするのだろう。まさか毎日夫婦で涼みに来ているのだとは思いつくまい。

いまのところ、この橋の下は松下センセ夫妻の独占避暑地になっているのだが、一度だけ先客のいたことがある。なんと草の上に突っ伏す形で男が寝ていたのだ。死んでいるのかと不吉な思いが走ったが、三匹の犬に吠え立てられて男は顔をあげた。かなり酔っぱらっている。

「おじゃまして、すみませんな」と男は突っ伏したままの顔を上げて挨拶した。「あんたたちがいつもおるんで、涼しいかなと思って……」

「どうぞ、どうぞ、ごゆっくりしてください」

松下センセはおのが別荘を借すような鷹揚《おうよう》な挨拶を返したものだ。あとにも先にも、この避暑地に侵入したのは彼くらいなもので、松下センセと細君は二人だけの世界を築いている。

「今度はおれが座っているから、おまえが寝ころがるといい」と細君に勧めると、シートに寝そべって仰向けに空に顔を向けた彼女が、「このまま眠ったら気持いいやろうね」という。「いいよ、眠ればいい」と勧めたが、しばらくして細君がそっと松下センセの腕を引くのだ。なにごとかと見ると、仰向けの細君の額にトンボが一匹とまっていて、顔を動かせずにくすぐったそうな表情をしている。すぐにトンボは離れていった。

松下センセも細君も腕時計はつけていないが、川上の鉄橋を特急〝にちりんシーガイア〟が渡れば五時四十一分とわかっていて、それをしおにシートをたたんで三匹に「さあ、帰るぞ」と声を掛けることになる。家に帰り着くのが午後六時である。

午前も午後もシャワーで遊んで、夕刻まで橋の下に涼みに行って、いったいいつ本業の方の仕事をしているのかって？

そんなこと、聞いてほしくないなあ。松下センセはこの異常な猛暑をクーラーなしでいかにしのぐかで精一杯なんだから。（一九九四・八）

（注）一九七二年十二月、松下センセは朝日新聞（西部版）に「暗闇の思想」と題する小文を発表して、なぜ発電所建設に反対するのかを明らかにした。電力需要を減らすように生活を改めることが先ではないかという主張を述べている。

二十六　夜の川辺の小宴

三匹の犬の散歩がてら涼みに行って座る〝橋の下〟から帰ってくるとき、細君はいつも未練気に呟くのだ。

「まだ帰りたくないなあ。夕食の用意をせんでもいいんやったら、このまま夕日の落ちてしまうまで、ここに座っていたいのになあ」

むりもない呟きで、二人と三匹が引き揚げてくる午後六時頃からがようやく夕刻らしい懐しい景色へと移っていくのだし、昼間の酷暑もようやくやわらいでくるのだ。だから犬の散歩もこの頃から多くなる。

夕日が豊前の山並みの上で真紅に燃えるのが七時過ぎ頃だが、その一番いい時刻を細君は汗だくで台所に立っていることになる。

「ねえ、いっそのこと弁当を持ってきて、この川辺で夕日を見ながら夕食をしないか？」

と細君がいいだしたとき、松下センセは、

「それはいいなあ。……だけどちょっと恥ずかしい気もするなあ……」とためらった。

それでなくても、土手道と山国橋の交差する信号待ちで停まる自動車から、〝橋の下〟にいつも座っている二人と三匹は好奇の視線で見降ろされているのだ。おかしなことをするカップルだと思われているにちがいない。

健一や杏子を誘ってみても、「いやだよ、そんな恥ずかしいこと」と逃げられるにきまっている。(実際、切り出してみると、そうだった)

「それなら、梶原さんたちを誘ってみたら？」と細君にいわれて、そうだな四人でならそんなに恥ずかしくはないなと、松下センセはにわかに乗り気になった。

大学が夏休み中で寮の仕事から解放されている梶原夫妻に持ちかけると(もちろん、自分たちだけでは恥ずかしいからなどとはおくびにも出さずに)、「ぜひ、やりましょう。夕日を見ながら川辺で飲むビールは格別な味じゃろうね」と応じてくれる。

相談したその日の内に決行と話はまとまり、さっそく梶原夫妻がクーラーボックスに氷をつめてビールを用意し、松下センセの細君が食べ物とグラスとシートなどを用意することになった。細君がおでんを作り、あとは寿司を頼むことにして電話で店に注文をすること

「船場の松下ですけどね、握りの並みを四人前、山国橋の下に七時に届けてもらえませんか」

「えっ……橋の下ですか？」

めんくらった声で問い返されるのもむりはない。

「そうです、山国橋の下です。山国大橋の方とまちがえないでくださいよ。魚市場の前の川辺ですから。先に行っていますから、土手を来たらわかりますよ」

いつもの時刻に連れ出してもらえなかった三匹が、フェンスをガタガタいわせて哀訴の鳴き声をあげていたが、梶原夫妻が来てときならぬ散歩と知ってちぎれるようにしっぽを振ってひどく興奮している。

「この猛暑の夏をぶじにやりすごせますように願って、カンパーイ!」

四人がビールのグラスをカチカチと合わせて、川辺の〝草上の宴〟が始まったのは夕日が真紅に染まって落ちたあとだった。

風が草をそよがせているが、もう何十日も雨を吸っていない炎天下の草原が昼間の余熱を立ちのぼらせている。得さんが先に上半身裸になったので、松下センセも裸になる。やはり、土手道を行く人や車から見降ろされているが、もうそんな視線も気にならない。きっとうらやましくて見ているのだろうなと思うことにする。

「男の人は、これができるからいいよねえ」と和嘉子さんが細君にむかって同意を求め、細君が「わたしらも裸になる?」と冗談で応じている。

「やっぱり、ビール腹っていうのは、本当なのかなあ……」

松下センセは、おのが腹を撫でながらいう。

「見てよ。このごろこんなにおなかが出てきてるんよ。きっとビールのせいだと思うわ」
隣りに座る細君が、松下センセの腹を西瓜の品定めのようにパンパンと叩いてみせる。自分でも信じられないことに、これまでのズボンが全部窮屈なほどに松下センセの胴まわりが太くなっている。今夏の猛暑でビールをよく飲んでいることは確かだが、飲むといっても昼間は三五〇ミリリットルを一本、夕食の時に二本といった程度なのだが。(細君も同じくらい飲んでいたが、松下センセの腹が出てきたのを見て、飲むのを控え始めた)
松下センセは身長一六二センチ、体重五五キログラムなのだから、身長比のバランスからいえばむしろ理想的で決して肥満体ではないはずなのに、こうして腹が出てきているということは手足がか細いということにほかならない。自分で認めるのもつらいが、まことにみにくい体型といわねばならぬ。
四十代の松下センセは、四六キログラムという瘦身時代がずっと続いていた。更に若かった豆腐屋時代には四二キログラムという貧弱さで、いまでも細君は結婚前の印象を「あのころのあんたは、ベトナムのジャングルにいるゲリラみたいやった」という。瘦せ果てて眼ばかりが光っていたというのが強烈な印象で残っているらしい。(当人はあからさまにはいわないが、こんな人と結婚するのかと思うと、ちょっとこわかったというのが本心だったようだ)
当時、異常なほどに瘦せて貧弱なおのが肉体を恥じつつ、一方で腹の突き出た男を見ると、それだけで人間として堕落しているように思えて（肥った豚より痩せたソクラテスであれ！　だ）、あんな姿をさらして平気なんだろうか、恥ずかしくないんだろうかと思ったものだ。

それでもせめて五〇キログラムになりたいというのが若い頃からの松下センセの悲願で、しかしそんなことは絶対にありえないと諦めていたのに、五十代に入る頃からみるみる太り始めて、ついには腹が出てきてしまったのだから、人生には何が起きるかわかったものではない。五十余年のゆきあたりばったりの生を重ねて、松下センセが堕落していることは確かで、それが腹の皮下脂肪に象徴的に具現しているのにちがいない。

「ビール腹って、本当にあるんかもしれんね」と呟く得さんの腹も、全然引き締まってはいない。互いに哀しき五十代である。

「だったら、秋がきてビールを飲まなくなったら、腹はひっこんでくれるかなあ……」

松下センセは希望的観測にたよろうとする。ビールでふくれた腹なら、ビールを飲まなくなったらひっこむのでなければ理屈に合わない。松下センセは暑さしのぎにビールを飲んでいるだけなので、少しでも涼風が立てばピタッとやめてしまうのだ。（つまり、これもクーラーなしで夏をしのがねばならぬがゆえの悲劇だといえる）

肺機能のせいで一切の運動ができない松下センセなのだから、運動によって皮下脂肪を消費するということもできないのだ。

「ああ、それにしても川辺で飲むビールは格別にうまいねえ」

得さんがピッチを一人で早めている。どうも得さんの飲み方はせっかちでいけない。

和嘉子さんがシートから草の上にはみだして、仰向けに寝ころんでいる。月のない夜で、そのぶん星が冴えているようだ。

「このまま、一晩ここで寝たら気持いいやろうね」と呟く。

すっかり何もかもから解放されたという身の投げ出し方で、橋上の街灯の明かりが落ちてそんな彼女の顔を白く浮き上らせている。こんな草原にいてまったく蚊がいないのも、今年の猛暑と雨が降らぬせいでの異変なのだろうか。

もう、ビールにも寿司にもおでんにも手は伸びず、四人は川辺の夜に浸っている。しばらく話がとぎれると、虫の声にまじって波が堤防に寄せる音がなんだか遠慮がちにヒタッヒタッと聞こえてくる。潮が満ちているのだ。

上流の鉄橋を列車がゴオーッと通るたびにそちらへと顔が向いてしまうが、連らなった灯りの窓が過ぎてゆく光景は美しい。上りと下りの列車が鉄橋上で交差し、鉄橋いっぱいに灯りの窓の列が現出した一瞬には誰ともなくアーッという声があがっていた。

「今年もペルセウス座の流星群が見られるんじゃないかなあ……去年をピークに二、三年は見られるようなことを読んだ気がするけど……」

松下センセは昨年の夏のことを懐《おも》い出していう。

「そういえば、あれは夏休み中のことやったねえ……」と得さんがいう。夏休み中で女子大生たちのいない寮に押しかけて、三階のバルコニーから午前一時まで流星群を待ったのに、たった四個の流星しか見えなくてなんだかだまされたような気がしたものだ。

今夜の空にも流れ星を探しているが、一つも流れてはくれない。気がつくと対岸のビアガーデンの屋上の灯がすでに消えている。

「ヒャーッ、やめてぇ、やめてぇ」

突然、和嘉子さんが悲鳴をあげて笑い声をはじけさせた。チェリーが不意に来て顔をべロベロとなめているのだ。生後半年でやんちゃ盛りのこのメス犬は、こんなふうに突然じゃれかかってくる癖があって、座っている細君の肩に手をかけて伸び上り、髪の毛を口で引っ張ったりして悲鳴をあげさせている。

「あらっ、履き物がない、またチェリーがくわえていったんよ」

シートのそばに揃えておいた細君のサンダルが、片方見当たらない。チェリーが一方的に決めつけられているが、ランやインディはもうそんなわるさはしないのだ。

「このわるさ坊主め！　持って行ったサンダルをくわえてこい！」

得さんがチェリーの首ねっこを押さえこんでいって聞かせるが、通じる相手ではない。四人で草の中を手探りするようにして探し始めた。橋上からの灯明かりが届かない草原には闇がひろがっているのだ。闇の中で犬たちの眼がときおり青白く光る。

この闇の中ではとうていむりと思えて、「あしたの昼間に探しにくればいい」と松下センセがいったあと、細君が「こんなところにあった！」と、離れた所で声をあげた。

それをしおに〝草上の宴〟を切り上げることにしたが、すでに十一時近くになっていた。

「お盆のあとに玲子たちが帰ってくるから、いっしょにもう一度こんなことしようよ」と和嘉子さんがいい、三人とも「いいねえ」と応じた。

三匹の犬と四人が連れ立って帰りながら松下センセは、犬たちに〝夜の散歩〟という変な癖がつかなければいいがと少し心配している。（一九九四・九）

二十七　父ののど仏

火葬に立会った方なら御存知と思うが、遺骨を骨壺に拾い納めるにあたっては、まず最初にのど仏を拾い上げて小さなミニチュアのような骨壺に別納することになっている。

葬式が済み初七日が済むと、大きな方の骨壺はお墓に納められるが、小さなのど仏の骨壺は宗派の本山に納めに行くというのが本来のしきたりらしい。門徒を沢山抱える大きな寺などでは、そのための本山参りのツアーも組まれていると聞く。

だから、昨年七月に亡くなった松下センセの父ののど仏も、真言宗本山のある高野山の納骨堂に納められていなければならないのだろうが、その小さな骨壺は一年以上経ってもなお松下センセの手許にあった。

なんと、あののど仏が松下センセの怠惰な執筆ぶりを眼の前で見守っていたのである。

「おいおい、そんな恥ずかしいことまで書くなよ」という声が、小さな骨壺の中から何度か聞こえた気がする。

松下家の檀那寺は由緒ある古寺だったが、四年前に失火できれいに焼失してしまった。門徒の少ない寺なので再建は容易ではなく、気弱な住職のGさんは「竜一さん、わしにはもう寺を再建する気力はないんよ。門徒会議であんたが再建に反対してくれんね」と内心を打明けてきた。再建ともなると多額の寄進を割りふられるに決まっている松下センセも再建反対で住職への同調者だったのだが、とうとう一度も門徒会議なるものに顔を出さなかったので長老たちの意見で再建は決まってしまった。

知名度の高い松下センセにはそれ相応の所得があるものと世間からは思われていて、発起人はまっ先に奉加帳を持って来た。他の門徒への呼び水に二〇〇万円くらいを期待されたようなのだが、もちろんそんな金があるわけはない。（松下センセの年収がやっと二〇

〇万円前後なのだから）

なんとか最低ランクの七〇万円で勘弁していただいたのだが、その七〇万円も父のなけなしの預金をはたいてもらったもので、松下センセ自身は一円も出したわけではない。（おかげで父の預金は八〇万円しか残らなくて、これを葬儀で使ってしまったので父はこの世に一円も残さずに生を終えたことになる）

どうせ遠からず父の葬儀で世話になるのだから（まだそのときは父も発病してはいなかったが）、七〇万円の寄進もやむをえないかと思っていたのだが、いざ父が亡くなってみると再建された寺は葬儀に使えないのだった。やっと集めた総額二〇〇〇万円では本堂の建物を建てるだけが精いっぱいで、かんじんの御本尊も何もととのえることができなかったのだ。がらん洞の本堂は閉じられたままである。

もともと松下センセみたいなビンボー門徒の多い寺で、住職のGさんの困窮ぶりもきわまっていて（Gさんが結婚をしなかったのも、そのせいといわれている）、誰も寺のことでGさんを責める資格はない。

そんな次第で本山ツアーどころではなく、松下センセの父ののど仏はなんとなくずるずると仏壇にあり続けることになった。そのうち、のど仏が松下センセの手許に置かれるようになったのは、夏の初めのある朝のど仏の骨壺が仏壇から畳にころげ落ちてからである。どうも鼠の仕業であったようだ。仏壇の供え物を食べに来た鼠が小さな骨壺をはね飛ばしたのだろう。

拾い上げると、小さな骨壺の中でカラカラと音が鳴った。そのとき松下センセは、のど仏の骨壺を仏壇に戻すことをやめて手許に置き、生前に果たせなかった父との問答を試みてみようと思いたったのだった。

西日本新聞に「ありふれた老い」と題して週一度の連載を始めたのは、昨年九月初めからである。

「老人問題の一ケースとして、亡くなられたおとうさんのことを書きませんか」と編集者に勧められたとき、思ってもみなかったことで、言下にお断りしたのだった。

確かに、にわかに足腰の立たなくなった父を抱えて、松下センセの一家が〝老人問題〟に直面したことはまぎれもないのだが、連載で報告するほどに特色のあるケースではなかった。在宅介護、特別養護老人ホーム、入院と一応のコースを体験はしたのだが、家族が疲労困憊するほどに深刻な状況にまで追い込まれることはなかったし、それに二年足らずであっけなく亡くなってしまったので、大して苦労させられたという実感もない。

「ほんとに報告するほどの内容がないんですよ。うちのじいちゃんの場合、どこの家庭にもありふれたケースにすぎないんですから」という松下センセの言葉をとらえて、「それがいいんですよ。特別なケースよりも、ありふれたケースの方が読者の参考になると思いますよ」と編集者はくどくのだ。

結局、編集者のそのくどきに乗せられて、このうえなく平凡な父の、まことにありふれた介護記を松下センセは連載するはめになってしまった。〈健康〉の頁に連載するというのも、なんだかくすぐったかった。

この連載に対しては未知の読者から結構お便りをいただいたのだが、読者は松下センセの父がなお存命で闘病中だと受けとめて読むので、激励や助言を寄せて下さるのが心苦しかった。

ところで、この連載は松下センセの知らないままに東京新聞にも転載されていたのだ。東京の読者から知らされたときにはびっくりしてしまった。西日本新聞が東京新聞に勝手に廻したのだが（もちろん、東京新聞からは原稿料はこない）、東京での連載はずいぶんいいかげんで掲載日もきちんと定まっていなかったという。どうやら紙面の埋め草に使われたらしい。

松下センセとしてはにがにがしい限りだったが、しかし東京新聞の連載で思いがけないことが起きることになった。「ぜひ、本にまとめさせて下さい」という出版社が現れたのだ。それも、五つの出版社から次々と声がかかって松下センセはあっけにとられてしまった。いくらなんでも五社で競うほどの内容でないことは、本人が一番よく承知している。ごくごく〝ありふれた〟記録に群がってくるところを見ると、出版界にも〝老人問題〟ブームなるものがあるのだろうかと首をかしげたくなる。

とまどいつつ、今度もまた作品社という出版社の編集者にくどき落とされることになった。大手出版社ではないが、『日本の名随筆』百巻を刊行して定評を得ている上品な出版社で、名随筆選に松下センセの随筆が三篇収録されているという縁もあるのだが、若い編集者の熱心な手紙に落とされたというのが正直なところだ。松下センセが作品社を選んだことを返事すると、さっそく彼は東京から中津へと出向いて来た。作品の舞台を見たかったという。

なりゆきの妙というしかない。書く気もなかった父のことを連載するはめになり、ましてや思ってもみなかった本にまとめる話にまで至ってしまったのである。

そこで困ったことに、本にする気などみじんもなかった松下センセは、そんな構成で連載を書いてはいなかったので、連載分だけではとうてい一冊にまとめるほどの枚数にはならない。連載分の倍量を書き足さねばならないのだ。「困ったなあ。じいちゃんのことで一冊の本を書くほどの話なんてないもんなあ。いっそのこと、ぼけて徘徊してくれたりしたんだったらよかったのになあ」などと、いまさら勝手なことをいって松下センセは頭を抱え込んでしまった。どんなに苦しくても文句ひとつついわない父だったから、書く題材としてはまったく物足りない。

のど仏の小さな骨壺が畳にころげ落ちていたのは、ちょうどそんなときだった。松下センセはその小さな骨壺を机上に置いて、父と無言の会話を交していれば何か書くことも浮かんでくるかなと思ったのだ。

原稿用紙をひろげた先に小さな骨壺を置き、松下センセは語りかけてみる。

「少しは何かしゃべってよ……」

だが眼の前の小さな骨壺から聞こえてくるのは、「おれのことなんか、書くことあるもんか」といったくぐもり声ばかりで、とんと執筆を助けてはくれないのだ。松下センセは何か別な声は聞けないものかと、ボールペンで骨壺をコンコンと叩いたりした。

ある日、そんな光景を訪ねて来た姉に見つかってしまった。

「まあ、あんたはいったい何をしてるの？　おじいちゃんののど仏をおもちゃにするなんて。――ほんとにもうあんたときたら、何を思いつくか知れないんやから……」

姉を絶句させてしまった。

「すぐにお墓に納めなさい。だいたい一年以上も仏壇に置いておくことからしてよくないんだから」と厳命されてしまった。

約束より二カ月も遅れて作品社に原稿を渡したのは九月に入ってからである。これでなんとか十二月には出版になるだろう。

遁世《とんせい》とでもいいたいようなひっそりした一生を終えた父にしてみれば、何もかもさらけだされてとんだ災難といったところだろうが、ものかきの息子を持ってしまった因果と諦めてもらうしかあるまい。松下センセの最後の親不孝である。

　爽やかに晴れ上った秋分の日の午後一時、一年二カ月ぶりに父ののど仏を墓に納めるために松下センセは細君と健一と歓と歓の彼女と（二人は昼前に岡山から帰り着いたばかりだった）杏子を伴って墓地に来た。彼岸花が墓々の間を紅々と染め上げている。

「ほら、この音も聞き納めになるよ」

　松下センセが花を供えている細君の耳元で小さな骨壺を揺すると、カラカラと乾いた音が聞こえる。日射しの中の細君が、なんだかくすぐったそうな表情を見せた。

『豆腐屋の四季』の印税で建てた松下家の墓はちょっとしゃれた造りになっていて、石の扉を観音開きにあけるようになっている。扉を開けると、三つの骨壺が納められている。敗戦の直前に栄養失調で亡くなった嬰児《えいじ》の伊津夫《いつお》、そして一九五六年に四十五歳で亡くなった母光枝の骨壺が古びて並んでいる。その隣りに白い布に包まれて並んでいるのが、一年二カ月前に納められた父健吾の骨壺である。

「カン君、おまえがこれを納めてあげなさい」

　前日からギックリ腰症状の松下センセが小さな骨壺を手渡すと、「エーッ、ぼくが墓の中に入るの」と次男は大げさにたじろいでみせたが、それでも墓の中に身体を半分以上差し込んで祖父の小さな骨壺を大きな骨壺に添えて納めた。

こうして受け継がれていくものがあるのだという思いが、不意に松下センセの胸にこみあげてきた。

（一九九四・十）

二十八　初めて撮った写真

十一月三日が松下センセ夫妻の結婚二十八周年記念日だが、恒例となっている旧婚旅行は十月の内に済ませてしまった。十一月まで待ちきれなかったというのが真相である。旅のあとの愉しみといえば、旅の写真をアルバムに貼りこむことだろう。二泊三日の小旅行で松下センセが撮った写真はフイルム四本分で、枚数にして百八枚である。その大半は細君を撮ったもので、松下センセ自身の写真は十枚もない。「今度はあんたをうつしてあげる」と細君にいわれても、「おれはいいよ」と断っているのだ。松下センセのカメラはひたすら細君に向けられている。

現像に出しておいたカメラ屋から百八枚の写真を貰って帰りながら、松下センセの胸中には常ならぬ期待と不安が渦巻いていた。百八枚の中のたった二枚ながら、初めて撮ってみた細君のヌード写真が混じっているのだ。

帰って来るなり、まっ先に百八枚の中からその二枚を抜き出してみた。

「おっ、いいぞ！」

思わず歓声を発していた。内の一枚が、予期した以上に美しい写真に仕上がっていたのだ。

「これはいいぞ！」

もう一度同じ言葉を発して手渡すと、照れた笑い声をあげていた細君が、

「こうして見ると、なんだか自分じゃないみたい」という。彼女がそういう感じはよくわかる。

「この写真に題をつけるとしたら、さしずめ〝朝の光〟といったところだな」

松下センセ、得意気に命名する。

海辺のホテルの四階の部屋には、天井から床近くまでの大きな窓を通して朝の光が差し込んでいた。

午前八時半、浴室から出て来た裸身の細君を見たとき、この光の中に立たせて写真を撮りたいという思いがひらめいたのも、旧婚旅行という心のはずみだったのだろう。

「そのまま来て、窓辺に立ってみて」

細君は何かわからぬままに松下センセにせかされて、窓辺に佇んだ。窓からは朝の光に

しろじろと反射する海が見降ろせる。しかし海辺を歩いている人もいて、もし窓を見上げれば細君の裸身が見えてしまう。それに気づいた細君がレースのカーテンの陰に隠れるようにしてそっと外をうかがった瞬間、カメラのシャッターを押していた。

「あっ、写真をとったの?」

細君が振り返って、びっくりした表情を見せた。

「後姿だから、恥ずかしがることないよ」というと、「でも、カメラ屋に現像に出すんやろ。店の人に見られるやないの」と心配する。

「それはカメラ屋には見られるけど、カメラ屋の人ってそんな写真には馴れっこだから、気にもとめないさ。——それよりなにより、ちゃんととれてるかどうか、そっちの方が心配だよ」

松下センセは写真はよく撮るくせに写真技術にはまったく無頓着で、全自動のカメラにたよりきっているので、ただ構図を決めてシャッターを押すだけなのだ。朝の光がいっぱい射し込んでいる窓に向けてシャッターを切ったのだから、細君の裸身がどううつっているのかとなると見当もつかないのだ。

仕上がった写真を見ると、心配したとおり一枚の方は細君の裸身がすっかり暗くかげっている。朝の光にレンズを向けているのでシボリが効いてしまって、その分だけ室内の細君が暗くうつってしまったのだ。

ところがほとんど同時に撮ったはずのもう一枚が、みごとに朝の光の中に細君の裸身を浮かび上らせている。薄いレースのカーテンとあいまって窓の光がソフトな感じにぼやけて、細君の裸身を柔らかな色合いで浮かび上らせているのだ。別にこれは松下センセの写真技術のせいではなく、偶然のいたずらに過ぎないのだが。

「四十六歳になってヌードをとられるんだったら、せめて三十代でとればよかったなあ」

と細君が呟く。

いわれてみれば、松下センセにも不思議な気がする。思いついたことならなんでも実行に移す松下センセだから、これまで一度も細君のヌード写真を残していないということは、そんな発想自体がなかったということなのだろう。どうして、これまで思いつかなかったのだろう?

松下センセが百八枚の写真で再構成した「旧婚旅行のアルバム」をめくっていた杏子が、案の定ヌード写真まできて悲鳴のような声をあげた。

「なーに、これ!?　まさか、おかあさんじゃないやろうね!」

「ほかの誰だっていうの。――こうしてみると、おかあさんもまだまだ捨てたもんじゃないやろ?　意外なほどスマートに見えるやろ?」

細君が澄まして答えている。実は松下センセはもう一度カメラ屋に行ってヌード写真を四ツ切に伸ばしてもらい、その大型写真を貼りこんでいるのだ。

「やめてよ！　おとうさんもおかあさんもヘンタイなんやから。恥を知らないの、恥を」

十六歳の娘の眼には、なんでもヘンタイに見えてしまうらしい。

「ケン君はどうだ？　この写真きれいと思わないか。いや、おかあさんの裸がきれいとかいうんじゃなくて、写真の光と影とか構図とかが西洋の名画みたいだと思わないか」

一緒に覗きこんでいる二十六歳の息子に問いかけると、「まあな」と相槌を打ってニヤニヤ笑っている。

「アーッ、ひょっとして写真コンテストに出そうとか考えてるんじゃないやろうな」

杏子にいわれて、松下センセは内心ギクリとしている。四ツ切に伸ばした写真を見たとき、確かにそんな思いがチラッとよぎっていたのだ。もちろんタイトルは〝朝の光〟ということで。

「おとうさんの思いつきそうなことやけど、それだけはやめてよ。友達に知られたら、顔向けができんもん」

「だって、後向きなんだから、誰かわかりはしないんだよ」

「いやなの。とにかくいやなの」

いやはや、十六歳の潔癖娘ほど扱いにくいものはない。写真コンテストに父親が母親のヌード写真を応募したために十六歳の娘が抗議の家出、などという珍事件を起こすわけにもいかないので、松下センセは「そんなこと考えていないよ」と娘を安心させねばならない。

「ねえ、正直にいってよ。この写真のおかあさん、ほんとにきれいと思う?」

細君に問いただされて、息子は照れくさそうに「まあ、後から見るぶんにはね」と答えた。

自分では初めて撮ったヌード写真が意外にいい出来だと思うのだが、それはあくまでも主観的な見方なので、できれば誰かに客観的に評価してもらいたいなと願っていたら、その機会はすぐにやってきた。まるでおあつらえ向きに、プロのカメラマンの来訪である。

朝日新聞社発行の週刊誌「アエラ」に「現代の肖像」というシリーズがある。気鋭のライターの執筆でいま注目の人物に焦点を当てるというもので、写真入りで五頁にも及んでいる。フリーライターのN氏から「現代の肖像」のための取材を申し込まれたとき、松下センセは「なんとか勘弁してもらえませんか」と断ったのだった。いまの松下センセには注目されるようなことは何もない。注目作を執筆しているわけでもないし、草の根の市民運動の先頭に立っているわけでもない。「できれば講演会などにも同行取材したいのですが」というN氏に、「いまはもう講演もしていませんから」と答えたのだが、それでも取材に来るという。

そこまでいわれれば、松下センセも断れない。自身がこれまでいやがる相手に取材で喰いさがった罪業を持つ身だけに、最後まで突っぱねることができないのだ。「なんにも書くことがなくても知りませんよ」と念を押して、N氏を迎えた。

同行のカメラマンが芥川仁氏と知って、松下センセはホッとしていた。土呂久や水俣を記録してきた写真家で、親しく話し合ったことはないながら一応は旧知の人で、人柄にもひかれている。

「松下センセの取材には苦労するぞとまわりからさんざんおどされてきましたよ。松下センセって、まったくしゃべらない人では定評があるんですね」

それを覚悟で来たらしいN氏は、むりに松下センセから言葉を引き出そうとはしない。なかなかにベテランのライターと見た。

「ところで、松下センセの一番の愉しみはなんですか」と問われて、

「洋子との散歩ですが……」と答えると、N氏はまいったなあという表情をみせた。

「それじゃあ、散歩の写真をまず撮りますか」

カメラマンの芥川さんを促して、松下センセと細君と三匹の川辺の散歩について来た。首から幾台ものカメラや長大な望遠レンズをさげた長身の芥川さんは、先まわりしたり土手を登ったりしてカメラを向け続ける。うつされることが大嫌いな松下センセには大変な苦痛だが、もはやマナイタの上のコイである。おや、カメラがいなくなったと思った

ら、なんと橋の上から見降ろされたりしている。松下センセの薄い髪が容赦なくあばかれるわけだ。

二時間近く川辺にいて帰ってきたとき、松下センセはさりげなく、

「実はわたしが初めてとった洋子のヌード写真を、カメラマンの眼で見てほしいんですが……」と切り出して、芥川さんに四ツ切の写真を示した。

「あっ、いいですねえ。これはほんとにいいですよ。なかなかこんなふうに窓からの光を生かせないんですが、これは成功していますねえ。それに、洋子さんがちょっと首をまげて窓外をうかがってるポーズもいいですね。背骨の線がまがっているのが背中の表情をつくってますもんね」

もちろんそれはみんな偶然のなせるわざで松下センセが狙っての成果ではないのだが、とにかくプロの眼にかなったのだから嬉しい。

「ひとつ注文をつけるなら、カメラをもう少し引いて、洋子さんの足首まで入れるべきでしたね」

指摘されて成程と思う。写真の洋子はくるぶしの少し上あたりで切れているのだ。不意討ちに撮った写真だったから、そこまでの計算はむりだった。

プロの眼にかなったとなると、得さんに自慢したくなる。

「芥川さんから合格点を貰ったから、この写真得さんに見せたいんだが……」

細君におうかがいを立てると、答はこうだった。

「梶原さんならいいわ。だけど他の人には見せないでよ」

（一九九四・十一）

二十九　母親になったチェリー

昨年の日録には〈十月十七日、北門の海に初めてカモメ来る〉と記しているのに、今年はカモメの帰って来た日を明記することができなかった。残念ながらいつカモメの第一陣が河口に帰って来たのかを、特定することができなかったのだ。

別にその時期、松下センセ夫妻が河口への散歩をしなかったというわけではないし、あたりの風景に注意を怠ったのでもない。なんと、ウミネコに邪魔されたせいなのだ。

今年五月初めに北門の海（中津川河口）からカモメたちがカムチャツカへと渡って行ったあと、どういうわけか夏頃からウミネコの群れが来て（そんなことは昨年まではなかった）、そのまま滞留を続けているので、帰って来たカモメとの区別がつきにくかったのだ。バードウォッチャーとしての訓練を積んでいない松下センセ夫妻には、ウミネコかカモメかは近くに来なければ識別がつかない。

あきらかにカモメが混じっていると確認したのは十月二十三日で、二十六日にはもうはっきりとカモメの方が多くなっていた。それだからといって、十月二十三日に初めて帰って来たのだとは断定できない。それ以前にも帰っていたのに、ウミネコにまぎれて気づかなかったのかも知れないのだ。この河口の主《ぬし》を任じている松下センセとしては、やっぱり〈○月○日カモメの第一陣帰る〉と明記できないと、心が落ち着かない。

カモメがこの河口に帰って来る時期が近づいた頃から、松下センセと細君の間では「今度の冬はパン撒きはどうしようか……」という話になっていた。例年どおりカモメたちにパン屑を撒くかどうかについては、多少のためらいが生じていたのだ。

ますます収入の乏しくなっている松下センセにとって、ひと冬のパン代も馬鹿にならないという事情もないではないが、それ以上に、昼間から夫婦でカモメを相手に遊んでいる姿を毎日のように人目にさらすことに、気恥ずかしさを抱いてもいるのだ。おびただしいカモメが群がって上空に舞い、鋭い鳴声と羽音を立てて水面へと急下降を繰り返すのだから、いやでも人目を引く騒がしい光景となって隠しようもない。「このせちがらい世に、毎日カモメと遊んでるなんて、なんと極楽とんぼな夫婦だろう」という視線を、松下センセも細君も気にしていないわけではない。

それに東京湾などの干潟では、自然の生態系を乱すことになるからという理由で、水鳥への餌撒きが厳禁となっていることも知ってみれば、なにかいけないことをしているようなひけめもある。

「こうしようか。——もし、帰って来たカモメたちがおれたちの姿を見ただけでいっせいに寄って来たら、おれたちのことを覚えていたわけだからパン撒きをしないわけにはいかないよ。でも、おれたちを見ても寄ってこなかったら、もうパン撒きはやめることにしよう」

松下センセは細君にそう告げて、カモメがどう出るかに賭けてみることにした。

「それだったら、きっと寄って来ると思うわ」と細君は期待したのだったが、ほとんどのカモメが帰って来たと思われる十月末になっても、河口に現れる三匹の犬を連れた松下センセ夫妻に寄って来るカモメはいなかった。前の冬にあんなにパン屑を貰った相手を忘れているのか、それとも前の冬とは別なカモメたちが来ているのか……。

これでもう今年の冬はパン屑を撒かなくても済むという安堵の一方で、松下センセも細君もなんだか寂しい気持にもなっていた。「この恩知らずめが!」と、ときにカモメに向かって口走る松下センセを細君が笑う。

まだ冬にもならないのに、早くも松下センセの喘鳴《ぜんめい》がつのっている。絶えずゼイゼイと鳴る荒い呼吸を意識していなければならないのはつらいことで、よけいに息苦しさを感じてしまう。寒くなってくるにつれて、松下センセには避けられない宿痾《しゅくあ》の症状である。病院に行っても、点滴注射を続けてみますかという以外に対策はない。その点滴注射もさして効果のないことは、もうさんざんに体験ずみなのだ。

それよりも医師からは松下センセの血圧がまた一段とあがっていることを憂慮されて、降圧剤を更に増やされてしまった。肺機能の衰えと高血圧が関連しているらしい。

息苦しくていままでは犬を曳くことなどできない状態なので、三匹の曳綱は細君にまかせて、それでも松下センセは河口への散歩をやめようとしない。

十一月三日は晴れて寒い日だったが、早々と午後二時から河口へと来た。相変わらず喘鳴がひどいので、細君が夕刻を避けた方がいいというのだ。

川辺へと降りる坂道にさしかかったとき、一羽のカモメが一直線に頭上に寄って来てケキョッ、ケキョッというような短い声を発して舞い始めた。

「あっ、気づいたんだ」

二人はほとんど同時に同じ言葉を発していた。二人とも、この短い鳴声が何かの合図であることはよく知っているのだ。はたしてその短い声を聞きつけて、いっせいに川面のカモメたちが松下センセ夫妻の頭上に寄せて来て、ぐるぐると旋回を始めた。

「やっぱり、ちゃんと覚えてくれてるんがいたんやなあ」と、細君も興奮気味に仰いでいる。頭上低くをしばらく旋回しながらついて来ていたカモメたちが、餌を貰えないと観念したのか次々と川面へと降りて行く。

「あしたからパン屑を持ってこないとね」といってから、細君が、

「なんだか、うちたちの結婚記念日と知ってて挨拶してくれたみたいやな」と笑う。

確かに、頭上を旋回するカモメたちは白い大輪の花とも見えて、祝いの冠を宙空に描いてくれたとも見えなくはない。

「さんざんじらしておいて、結婚記念日に寄ってくるんだからなあ」

松下センセもなんだかプレゼントを貰ったような心の弾みを覚えていた。

そんなわけで、十一月四日がパン屑の撒き始めとなったが（ちなみに、昨年は十月三十一日が初撒きだった）、このときもランやインディとともに川辺で駆けまわっていたチェリーが、なんと翌五日の昼間にあっさりと子犬を生んでしまった。

チェリーがインディと第一回の交尾をしたのが九月五日だったので、もしその一回目で受胎していたとすると、きっちり二カ月目での出産ということになる。犬のお産を体験したことのない細君は、不安なままに近くの獣医にチェリーを連れて相談に行ったりして心構えをしていたのだが、その朝でさえチェリーの異変に気づかなかった。

母犬は出産時に神経質になるのでランやインディを遠ざけておいた方がいいと獣医に忠

告されていて、そろそろチェリーだけを玄関の土間に移そうかといっていた矢先に、あっけなく小屋の中で最初の二匹を生んでいたのだ。最初に気づいたのは細君で、慌ててランとインディを戸外へと追いやった。それから二昼夜、ランとインディは家に入れてもらえなかったので、どうしてだろうと不審に思ったにちがいない。

結局、チェリーが産んだのは三匹で、人間が手を貸す必要はまったくなかった。「なにもかも自分でできるんやなあ」と、細君は感動している。

目のあかない子犬がモゾモゾと動いて母犬の乳房に吸いついていくのも本能の不思議だし、ついこのままで自身が子犬だったチェリーが、三匹のあかんぼに乳房をゆだねてじっとしている光景も涙ぐましい。それにひきかえ、自分の子が生まれたことも理解できない雄犬のインディは哀れなものである。

ぬいぐるみのように丸々とした子犬の愛らしさに、早くも細君は、「もらい手がなかったら、みんなうちで飼おうよ」といいだして、手放したくないふうである。五匹も六匹も連れ歩いている光景を想像しただけで、松下センセはよけいに喘鳴がつのりそうである。川辺まで降りれば自由に放せるのだが、そこに行くまでが車の多い通りなのでしっかりとつないでいかなければならないのだ。

チェリーが殊勝に小屋にこもって三匹の子犬にかかりっきりだったのは、やっと二日間だけで十一月七日の散歩には早くもついて来た。ランとインディを連れ出そうとする気配に、小屋から飛び出して来たのだ。

「まだ連れて行かない方がいいんじゃない？」と細君はためらったが、

「いや、小屋ごもりが続いたら犬だってストレスがたまるだろ。散歩ぐらいした方が乳の出もいいんじゃないか」という松下センセの意見で、一緒に連れて出たのだ。もちろん、小屋の中で三匹の子犬が餅のようにくっつき合って眠っていることを確かめてのことだったが。

　松下センセ夫妻と三匹の川辺の散歩は、カモメたちへのパン撒きを含めて一時間半からときには二時間をかけている悠長さだが、この日はそうはいかなかった。

あんなにいそいそと出て来たチェリーなのに、一時間もたたない頃からソワソワとし始めたのだ。ともすると、ひとりで帰る方向へと行きかける。もう帰ろうよと促しているように見える。

「どうも様子がいつもと違うなあ。やっぱり、あかちゃんのこと気にかかってるんよなあ」と、細君がささやく。

「そうかも知れんな。今日は早々に切りあげようか。――さあ、みんな帰るぞ」

三匹に声を掛けて帰り始めると、チェリーが小走りになって先に立つ。

「いつもは寄り道ばっかりしてるのになあ」と細君が呆れる。

水辺の葦原にもぐりこんだり、土手を駆け登ったりで、まっすぐについて帰ることなどないチェリーが、まるで一目散という早足で帰路を急いでいくのだ。犬とはいえ、母親になることの不思議を思わせられる光景である。

「心配だから、チェリーについて先に帰るね」といって細君が小走りについて行くと、ランとインディも一緒に駆けだして、松下センセ一人が取り残される。そうでなくても息のあがっている松下センセは、ゆっくりと歩くことしかできないのだ。みるみる三匹の犬と細君の姿が遠ざかってしまった。

一人で川辺の道をとぼとぼと辿りながら、知った人に会わなければいいがなあと松下センセは気にしている。だって、これではまるで散歩中に仲違いして細君から置き去りにされたと思われかねないもんなあと、そんなおかしなことを心配していたのだ。

（一九九四・十二）

三十　〝病魔〟よ驕るなかれ

このところ、〝病魔〟にさいなまれている松下センセである。風邪を引き込んで寝ついたのは二月六日の午後からだったが、その病臥状態は二週間に及んだ。

二月二十日に築城《ついき》基地前での日米共同訓練反対の座り込みを渡辺ひろ子さんから呼び掛けられていたので、思い切ってこの朝から病床を離れることにして梶原得三郎さんの車で築城へと向かった。冷たい小雨までが降る悪天候となり、隙間だらけのテントの中に座り込む〝病みあがり〟の松下センセを風から守ろうとして皆で囲んでくれる。この日の小さな座り込みを執拗に双眼鏡で監視していた公安も、毛糸の帽子を深々とかぶり、大きなマスクとマフラーで顔をおおった怪人物の出現に、最初はとまどったのではあるまいか。

この日を転機に松下センセも日常的活動に復帰していくつもりだったのだが、松下センセにとりついている〝病魔〟はそんななまやさしいものではなかった。二日後から、猛烈な腹痛が始まってしまったのだ。松下センセの腸には〝憩室〟というくぼみが幾つもあって、それがときどき激しい腸炎を起こすのだが（それも、やはり風邪などの病臥が長く続いたあとに多い）、翌朝も激痛が止まらないとわかって胃腸外科へと駆け込んだ。大量下血で入院したことのある医院なので、直ちに点滴注射につながれ鎮痛注射も打たれたが、下腹部の激痛は全然鎮まらない。とうとう二本目の鎮痛注射を尻に打って、ようやく落ち着いてきた。

帰って来ると、細君がひどくしょんぼりとしている。

「どうしたんだ？　病気だったのか？」

まさかと思って尋ねると、

「手術をしなきゃならないって――」と、思いもかけない返事である。

実はこの朝、彼女も産婦人科に行っていた。このところ生理中の出血が異常に多くて、しぶる彼女を診察にせきたてたのは松下センセだったのだが、まさか病気とは思いもしなかった。

細君の報告によると、子宮筋腫ができていてそのせいでの不正出血なので、放っておくと貧血が進むという。医院側の都合もあって三月七日入院、八日の手術を決めてきたのだという。

「半月は入院が必要なんだって」と聞かされて、松下センセは内心パニックに陥ってしまった。

子宮筋腫という病気は細君の年頃（四十七歳）ともなればよくあることで、摘出してしまえば心配のないことは承知している。松下センセがパニックに陥ったのは、細君が半月間も居なくなってしまうという事態に対してなのだ。

それみろ、日頃から家事を細君まかせにしているからパニックに陥るのだという非難が聞こえてきそうだが、意外にも松下センセは料理だってなんだってできるのである。それはそうだろう、中学生の洋子の成長を待って結婚しようと思い決めたときから、彼女が十八歳で嫁いで来るまでの数年間、松下青年は父や弟たちの食事の面倒をみ続けたのだから。

それに、頼りないとはいえ十七歳の杏子もいることだし、家事のことで途方に暮れているのではない。要するに、細君が半月間も傍に居なくなるという突然の事態に松下センセは恐慌をきたしているのだ。

まさか、そんな心理的不安が腸炎をいっそう悪化させたというわけでもなかろうに、とうとう痛み始めて四日目には、点滴注射と二本の鎮痛注射でも激痛はおさまらず、座薬まで使わねばならなかった。「やはり入院しましょう。精密検査をするしかないですね」と医師にいわれてしまったが、なんとこの四日続きの激痛が入院前夜に一気に解消してしまったのだから、松下センセは〝病魔〟にからかわれているのだとしか思えない。

夜、放尿中にチカッと痛みが走った瞬間、「あっ、石だ！」と直感した。

便器を覗くと、はたして小さな石がひっかかっている。激しい腹痛を引き起こしていたのは、尿道を落ちてくるこの腎臓結石が原因だったのだ。これまで何度も〝石〟に痛めつけられていながら（ここ数年は絶えていた）、今回の腹痛が〝石〟のせいだと気づかなかったのは不覚であった。

〝石〟が排出されれば嘘のように腹痛は消えてしまったが、なにしろ四日間にわたって激しい治療をしたせいか、今度は数日にわたってひどい下痢状態が続くことになってしまった。どこまでも〝病魔〟にみいられた松下センセである。

福岡の木村京子さんと電話で用事の話をすませたあと、松下センセはつい内心の不安を打ち明ける気になった。

「実はですねえ……いま、パニック状態に陥ってるんです」

「まあ！　いつも冷静でもの静かな松下センセともあろう人が……」

「それが洋子のことでね……」

「あーっ、とうとう洋子さんが松下センセに造反を始めたんでしょ！」

京子さんの電話の声がにわかに喜色を帯びてくる。

「とんでもない、どうして洋子が造反なんかしますか。二人の心はいつもぴったりですよ。——実は洋子が子宮筋腫の摘出手術で入院するんです」

「なーんだ、それだったら心配することないですよ。わたしのまわりにだって何人もいますよ」

「いやいや、洋子の手術を心配してるんじゃないんですよ。先生も全然心配ないといってくれてるし」

「だったら、何を心配してるんです？」

「だからね、半月も入院するんですよ。洋子が半月もいなくなるんですよ」

「なにをいってるんですか。半月なんてあっという間ですよ。——それに、これはあなたにも洋子さんにも、とってもいい機会だと思いますわ」

「どういう意味ですか」

「この際ですから、はっきりいわせてもらいますけどね、松下センセと洋子さんて、朝から寝るまで一日中寄り添って離れることってないでしょ？　いくら相思相愛の夫婦でも、これは〝異常〟ですよ。今度の入院は、松下センセが〝洋子ばなれ〟の訓練をする絶好の機会じゃないですか」

「あなたね、どうしてそんなに夫婦を引き裂こうとするんですか？」

「引き裂くなんていってませんわよ。正常に戻してあげたいんです」

「そんなに異常な夫婦に見えますか？」

「女の立場からいわせてもらいますけどね、いくら洋子さんだって、松下センセから解放されて、ときにはひとりになって自分の思うままに呼吸したいなっていうときがあるものですよ」

「それをわたしがさせてないというんですか。わたしは洋子に何かを禁じたことなんてありませんよ」

「そこが問題なんですよ。あなたってやさしいから、洋子さんに何かを禁じたり命じたりは絶対にしてないと思うの。――でも、そのかわりに並みはずれた愛情で洋子さんをがんじがらめに縛ってることに気づいてないんですわ」

「…………」

「洋子さんがまた、やさしくて内向的過ぎるほど、それに縛られて自分の気持を殺すことだってあると思うの」

「いいえ、そんなことありません。洋子にもわたしにも、互いに胸の中の秘密なんてありません」

「おやおや、作家ともあろうお方が、人間をそんなに単純化なさっていいんですか？　洋子さんにだって、松下センセにいえない思いはいろいろたまっているはずですよ」

「それは一般論です。洋子に限って、そんなことはありません」

「それではお聞きしますけどね、子宮筋腫の一番の原因を御存知ですか？」

「さあ……」

「ストレスなんですよ。これは医学的事実なんですからね。女がためこんでいく不平や不満やいらいらは、だんだんおなかの下の方に沈んでいって、子宮の中で固まっていくんですよ。――こわい話でしょ？」

「おどさないでくださいよ。なんだかあなたはわたしをいじめて、よろこんでるみたいですね」

「とんでもありません。松下センセを大切な人と思っているわたしが、どうして意地悪をしますか。本気で忠告してるんですよ。半月間、洋子さんにつきまとわずに解放してあげなさい」

「せっかくのあなたの御忠告ですけどね、わたしは入院中の洋子につき添うつもりです。特に手術後の数日間はつき添いが必要だといわれてますから」

「ワーッ、最悪な事態だ！　悪いことはいいませんから、専門のつき添いさんを雇いなさいよ。費用はみんなでカンパしますから」

「だってね、洋子自身がそうしてほしいっていうんだもの」

「そこなのよ、そこがあなた方二人の問題の根の深さなんです。あなたが寂しがるだろうなと痛いほどにわかるから、洋子さんはそういわざるをえないんです。心を鬼にして、つき添いさんにまかせなさいよ」

「実はとっても好都合なことに、入院する産婦人科の先生の奥さんが『草の根通信』の読者でね。松下センセのことすべてわかってくれてるんですよ。だから特室を用意するから、どうぞ松下センセも一緒に泊まって、心置きなく看病なさって下さいといってくれてるんですよ」

「ああ……なんという！」

もはや救い難いといった悲鳴のような声を残して、京子さんは電話を切ってしまった。

木村京子さんに告げたように、松下センセは細君の入院に泊まり込みでつき添うと思い決めていたのだが、邪悪な意志を持つ〝病魔〟はここでも松下センセをいじめてやろうと企らんだらしい。細君の入院を六日後に控えた三月一日から、またしても激しい喘鳴が始まってしまった。どうやら風邪を引き直したらしい。翌日からまたしても通院での点滴注射が始まってしまった。今回はもう最初からステロイド入りの点滴薬なので、一週間の投与と限られている。副作用がひどいので、それ以上は使えないのだ。

だが、治療を続ける甲斐もなく、火のついたような咳の発作が始まり、数分置きに咽喉《いんこう》に痰がからむという最悪の状態に陥ってしまった。

もはやつき添いの人を頼むしかないと観念して、産婦人科の先生夫妻に相談すると、

「そんな必要ないですよ。つき添いといっても何もすることないんですから。看護婦がいつでも待機してますから、何かあれば呼んでくれればいいんです。松下センセがついてあげるのが一番ですよ」と、奥さんがこともなげにいって下さる。

「そうだ、部屋に蒸気発生器を置くことにしよう。二十四時間蒸気を発生させていれば、松下センセの咳もいくらか楽になるし、洋子さんのためにもいいですからね」と、先生もいって下さる。

「酸素吸入器も用意しておいた方がいいな。使い方は知っていますか?」

先生は看護婦に簡易酸素吸入器とボンベを持ってこさせて、松下センセに使い方を説明して下さるのだ。これではもう、夫婦二人での入院みたいなものだが、その好意に甘える

ことにする。

予定通り、細君は三月七日午前に入院し、八日午後三時から手術が行なわれた。腹を切っての子宮全摘出である。さすがに立ち会う勇気のない松下センセは、心細く病室で待ち続けた。

五時前、先生に呼ばれて摘出された子宮を見せられた。筋腫といわれる部分はテニスボール大に丸々としていて、大きなソーセージを思わせる肉塊である。長年にわたって細君が溜め込んだストレスが、こうして凝り固まってしまったのだろうかという思いが脳裡をよぎって、松下センセはブルルッと首を振った。

その夜、松下センセはもちろん眠らなかった。第一、松下センセは数日前からもう布団に入っては眠れない状態に陥っている。布団に入って身体を横たえると、すさまじい咳の発作が始まってしまうので、一晩中座って寝るという姿勢をとっている。したがってこの病室でも、ソファに布団を高く積み上げて、その布団の山を胸に抱くような形で寝ることになる。

麻酔から早く醒めてしまった細君はしきりに痛みを訴えてむずかった。

とうとう午前零時にパジャマ姿の先生が来て、「もう、ふつうの二倍の痛み止めを使ってるんで、これ以上使いたくないんだけどなあ」と呟きながら、看護婦に鎮痛注射を指示した。どうも細君の体質は麻酔も痛みどめも効きにくいらしい。

「大丈夫ですか。その姿勢で苦しくないですか。遠慮なく酸素吸入を使って下さいよ」と、松下センセにも気を遣っていただく。

　松下センセは、積み上げた布団の山にうつ伏せに身体を寄せかけて、ずっと細君を見守って過ごした。ときには細君も眠っているようだったが、眉間のタテジワが消えることはなかった。細君のベッドと松下センセのソファの間には加湿器が置かれて、絶え間なく水蒸気が噴き出している。松下センセは咳も出るし痰もこみあげるが、さいわい激しい発作には至らず、酸素吸入器に頼ることもなく、ひたすら夜明けを待った。

　午前六時に打った鎮痛注射（もう、何本目だったろう）でいくらか落ち着いてきたのだろう、夜が明けた病室で初めて細君が松下センセに顔を向けて、

「あんた、大丈夫だった？」と尋ねた。

「ああ、酸素吸入もしなかったよ」と答えて、濡らした脱脂綿で乾いた唇をそっとうるおしてやる。

　そして午前八時二十分、「それじゃあ、病院に行ってくるからね」と告げて、松下センセは細君の病室をあとにするのだ。自身の点滴注射のために、産婦人科医院から総合病院へと通って行くのだから、考えてみればおかしな光景にはちがいない。

　一本の点滴注射を終えて家に帰ってくると、もう正午近くで、松下センセは自分で卵焼

きを作ったりして昼食をとる。そして午後、少しでも何かをし始めようとすると、激しい咳の発作が始まってしまうのだ。どうやら、産婦人科の病室で遠慮していた（？）咳が、はじけてしまうらしい。結局、ソファに座り込んで胸に大きな枕を抱き込むようにして、茫然と過ごすしかない。

夕刻、細君の病室へ行こうとする松下センセに杏子が呆れて、「そんな状態で行ったら、おかあさんの方が迷惑するやないの。今夜は杏子が泊まるから、おとうさんは家でゆっくり休みなさいよ」と止めようとする。

「いや、おかあさんの傍にいる方が咳が止まってるんだ。それに病室には蒸気も出てるし、酸素もあるんだからずっと安心なんだ。何かあれば、先生を呼べるんだし……」

結局、松下センセは細君が退院するまでの十五日間を、産婦人科の病室のソファで泊まり続けた。その間、更に一週間延長したステロイド入り点滴注射も効かぬままに、松下センセの咳も痰も鎮まってはくれない。すでに二十日以上も身体を横たえて寝ていない。

これを書いている三月二十八日、好天に誘われて細君は退院後はじめて町へと買物に出かけるという。傷口をかばうように少し前かがみの姿勢でおそるおそる歩いて行く後姿を、松下センセは窓から見ている。細君は日数と共に元気になっていくだろうが、松下センセの頑固な咳と執拗な痰は、まだまだとどまることを知らない。

だが〝病魔〟よ、驕るなかれ！

四月ともなれば、みておれよ……。

（一九九五・四）

三十一　いやはや大変です

松下センセと細君が五匹の犬にふりまわされている有様は、おろかしくもこっけいな光景であるに違いない。

日頃から先を見通しての計画性など苦手なままに、「まあ、なんとかなるだろう」という無責任な楽天性で生きているのが松下センセだが、そんなゆきあたりばったりの悲喜劇的結果が、〝五匹の犬〟に象徴されているような気がしてならない。

最初の飼犬ランが貰われてきたのは、もう八年以上も前になる。杏子が友達から貰ってきたメス犬で、なんということもない雑犬である。いまやひどく肥満してしまって、通りがかりの子供たちからも豚犬などと呼ばれて貶められているし、「運動をさせてないのじゃないか」とか「食べさせ過ぎではないか」などと飼主が非難されたりもしているが、いずれも誤解なのだ。

ランは貰われてきて間もなく、近くの犬猫医院で避妊手術を受けたのだが、多分そのせいでホルモンバランスが変化しむくむくと肥満することになったと考えられる。つい先日の夜、ランが異様な吠え声をやめないので何事かと窓から覗くと、ランに避妊手術をした老先生が通りかかっているのだった。八年も前のまだ幼なかったときに刻まれた記憶が、いまもランの脳裡に焼きついていると知ってびっくりしてしまった。

そういえば、このランにはどことなく不貞腐れたところがあって、めったなことでは飼主にさえしっぽを振らない。人間様の都合で自分を中性化してしまった飼主に、底深いうらみを抱いているのかもしれない。

二番目に飼犬となったオスのインディも杏子が貰ってきたもので、二年半前のことだった。この子犬が来たとき、ランが母性愛をみせるかなと家族皆で期待したのだったが、みごとに裏切られてしまった。子犬が寄りついてくるのをいやがって、ランは激しく怒るのだ。気性も荒くなっているらしい。

そして昨年春、京都から帰省した梶原玲子さんがＪＲ中津駅の近くで子犬を拾い、「二匹飼うのも三匹飼うのも同じやろ」という理屈で、気弱な松下センセの細君に押しつけたいきさつは、読者の皆さんも御記憶だろう。桜の頃に迎えられたこのメス犬はチェリーと名付けられた。無邪気になついていくチェリーをランは無情にも吠え立てて追い払ったが、気立ての優しいインディがよく相手をしてやった。

子犬の成長は驚くほど早い。春に拾われてきた（そのとき、生後一カ月頃だったと思われる）チェリーが、夏の終り頃には早くも初潮を迎えて、避妊をどうするかが差し迫った問題となった。本来なら一日も早く手術を受けさせたいのだが、それをためらわせたのがランの先例だった。性を喪わされたランの悲劇を見ているだけに（オス犬もまったく寄りつかない）、あわれさの方が先に立ってしまう。

それにどうやらインディがチェリーを〝恋人〟として意識し始めているのが見えてくると、「一度だけ産ませてから避妊しようよ」と細君がいい始め、「まあ、子犬も貰い手がみつかると思うよ」などと気楽なことをいって松下センセも情に流されてしまった。

そして、インディとチェリーが結ばれ、昨年の十一月五日に三匹のオス犬が生まれたのだが、結局は貰い手をみつけだせなかった。やっと一匹だけは細君の妹に貰われていったが、二匹の子犬ケヴィンとコナンは残ることになり、あっという間に小柄な母犬のチェリーをしのぐほどに成長してしまった。

かくて、松下センセ宅には五匹の成犬がひしめいているのである。松下センセ宅では狭い裏庭からフェンスで囲まれた背戸の部分までを犬のテリトリーとして、放し飼いにしている。しかもこのフェンス越しには空地があり遠くまで見通せるので、五匹の犬たちはいつも背戸に来て外を見ている。飼犬としては随分自由を与えられているわけだ。

一方、近所の犬好きの大人や子供たちも、フェンスに来て勝手に餌をやったりして犬たちと遊んでいる。すぐ裏が酒屋で、昼間から一杯ひっかけに来る酒好きがほろよい機嫌でフェンス越しに犬をからかったりもする。

松下センセ宅の五匹は、いまや界隈では知らぬ者のない存在となっている。

成犬五匹ともなると、いやはやもう大変である。

まず餌の量が大変なものだ。夜の一食だけにしているが、家族が五人増えたと同じほどの(つまり九人分だ！)飯を炊かなければならない。その米代だけでも馬鹿にならなくて、最近では安いタイ米を買って来ているが、人間様の飯と犬たちの飯を炊き分けるという二度手間をかけることになる。

当然のことながら糞の量も多くて、三日も掃除を怠ろうものなら背戸は糞だらけになってしまうので、細君が絶えずせっせと掃除をしている。

しかしいま、松下センセと細君が一番頭を抱えているのは、散歩の問題なのだ。なにしろ、松下センセ宅の犬たちは毎日河口への散歩に慣らされているので、三日も行かないともう狂ったようになってなんとかフェンスの扉を押し開けようとして騒ぎまくるのだ。

(そのため、扉も壊れかかっている)

困ったことに、いまは五匹もの犬を連れて毎日の散歩に行ける有様ではない。子宮筋腫の手術を受けた細君はまだ下腹をかばっていて、犬を曳くことはできないし、松下センセもまた犬に曳っぱられれば忽ち咳き込んでしまうといった状態なので（松下センセ宅の犬たちは、決しておとなしく曳かれるのではなく、自分の方が先に立って駆けるのだから大変なのだ）、散歩に出るのも容易ではないのだ。

五匹の犬たちはそんな飼主のよんどころない事情などわかろうはずもなく、ただただ散歩をねだって吠え、鳴きまくっている。五匹そろって吠え、鳴き、訴えるさまはすさまじい。（さいわいにも隣り近所が皆犬好きなので、いまのところ苦情は出ていないが……）

四月になれば咳から解放されると念じてきた松下センセだったが、残念ながら症状は改まっていない。

勧める人があって、北九州市門司の労災病院まで行ってK医師の診察を受けたのは四月十三日だった。じん肺患者を沢山診てきているというK医師なので、松下センセの嚢胞だらけの肺に対してもなにか適切な助言をいただけるのではないかと期待したのだ。

この日初めて、松下センセの胸部はCTスキャンで輪切りにされた。これまで普通のレントゲン写真では、「この部分が嚢胞です」と指し示されてもよく見分けられなかったのだが、CTスキャンではさながらシャボン玉のような嚢胞がいくつも群がるようにして、くっきりと浮かび出ているのだ。松下センセは驚きをもって〝わが胸の内なる嚢胞〟と対面することになった。

「入院を勧めたいのですがねえ……」

CTスキャンの写真を示しながら、K医師は遠慮がちにいうのだ。

「こんなふうに嚢胞のいくつかに水が溜まっていて、菌に感染していますから、午前と午後二度の点滴が必要なんです。そのためには入院するしかないんですが……忙しいんでしょうね」

そう問われて、松下センセは口ごもってしまう。とりたてて忙しいわけではないが、門司での入院なんて考えただけでめいってしまう。毎日、中津から門司くんだりまで細君に通ってもらうなんて、できっこないのだ。

「入院せずに、なんとか服薬で……」

松下センセのわがままな願いを聞いて、K医師は「服薬では正直なところ効き目は期待できないんですけどねえ……」と呟きながら、同意してくれた。二週間ほど服薬して様子をみようというのだ。執行猶予二週間である。

「しかし、不思議ですねえ……」

K医師はCTスキャンの写真を指し示しながら首をかしげていうのだ。

「この写真を見たら、どの先生だって即座の入院をいいますね。そんなひどい状態なのに、松下センセの場合、白血球やその他の数値がぎりぎりながら正常の範囲におさまってるんですよ。こんなことありえないはずですが……よほど身体が病気と共存できてるんでしょうね」

以前、別の医師からも「医学的にいうと、あなたの身体は動けないはずなんですけどねえ」と不思議がられたことがあるが、不治の病いを抱え込んでいる松下センセはいっしか、「必ず気力で病気を抑え込めるのだ」という自己暗示的な精神主義を支えとするようになっている。


飼主の事情もわきまえず、ただただ散歩に連れて行けと悲鳴のような鳴声をあげつづける五匹に根負けして、三日に一度は川辺へと出かけて行くのだが、そのときには二匹の子犬（といってももう成犬並みだ）を松下センセが曳くことにしている。いや、曳くというよりは、はやりたつ二匹の力に曳きずられてハアハアと喘ぎながら行くといった有様なので、余り人に見られたい光景ではない。いっそ他の三匹のように解き放ちたいのだが、まだ車のことが心配でそれもできない。


やっと川辺の草原に来て二匹を解き放つと、松下センセはへたりこんでしばらくは咳き込んだり激しく喘いでしまう。

「もう少し待ってね。もう少ししたらうちが引っ張れるようになるからね」と細君が詫びるようにいう。

「チェリーはもうすっかりいいんやろうね。人間もあんなに簡単ならいいのに……」

五匹の中で一番軽快に駆けまわっているチェリーを、細君がうらやんでいる。実はおかしな偶然なのだが、細君が子宮摘出手術を受けた一週間後に、チェリーもまた避妊手術を済ませたのだ。そのチェリーがなにごともなかったかのように、自在に駆けまわっているのだから、うらやむのもむりはない。

四月になれば……と念じていた松下センセだが、川辺で咳き込みつつ、五月になればきっと元気になるぞと、改めて念じなおしている。

河口のカモメたちがカムチャツカへと旅立ってしまう頃までには必ず……と念じて川面をみつめている。（一九九五・五）

三十二　こんな内情ではねえ……

社団法人日本文芸家協会（理事長・江藤淳氏）より、松下センセに入会の勧誘状が届いた。

作家・評論家・詩人・歌人など二千名近い文芸家を網羅しているこの協会に入会するには、会員二名（うち一名は理事）の推薦が必要で、自分が希望するだけでは入れるものではないらしい。それだけの権威ある職能団体なのだ。

今回、松下センセを推薦して下さっているのは梅原猛、中野孝次という著名なお二人の理事なので、それだけでもまことに光栄なことといわなければならない。著述業に転じて二十五年目にしてようやく、松下センセも文芸家としてその業界内で認知されたと思っていいのだろう。

せっかく推薦して下さったお二人の御好意に応えるべく入会手続きの項目を読んでみたのだが、松下センセはゲーッと声を発して眼をみはってしまった。

〈同封振替用紙で入会金五万円、初年度会費二万円、合計七万円をご送金下さい〉とあるのに、眼が釘づけになったのだ。

このところどん底に喘いでいる松下センセに、七万円の特別出費という余裕など、どうひねり出してもむりというものである。残念ながら、日本文芸家協会への入会は断念せざるをえなかった。（かつて一時期入会していた日本ペンクラブの方も、二、三年ほど年会費を滞納してやめたといういきさつがある）

考えてみると、七万円が払えないほどにペンの稼ぎの乏しい作家というのであれば、とても作家を名乗れるものではないのだから、やはり日本文芸家協会に加入する資格はないだろう。そう思うと、妙に納得してしまった。

推薦して下さったお二人の理事とは、一度だけだが接触したことがある。（それを覚え

ていての推薦だったのだろう）

梅原猛氏は、松下センセが『ルイズ——父に貰いし名は』で講談社ノンフィクション賞を受賞したときの審査員のお一人で、授賞式パーティで言葉を交しているし、中野孝次氏とはあるシンポジウムでパネラーとして同席したことがある。そのとき中野氏は松下センセの〝ずいひつ〟をまとめた本を読んでいて、「いやあ、笑ったなあ。——ホントにあんなにビンボーなの？」と問いかけてきた。ベストセラーを何冊も出している氏からみれば、売れぬ作家のビンボーぶりというのは想像を絶していたのだろう。

お二人に断りの返事を出すのが礼儀だとは知りながら、七万円を払えませんのでとも書きづらくて（そう書いても信じられないだろうし）結局そのままにしてしまったが無礼な奴と思われているかも知れない。

今年になっての松下センセの内情を披瀝《ひれき》すると、そのどん底ぶりがわかっていただけるだろう。

今年になってすでに五カ月が経過しようとしているが、そのかんに松下センセがペンで稼いだ金額はわずかに一二万八六〇〇円でしかない。

書評原稿四本、エッセイ二本というのがその内訳だが、月割りにすれば二万五〇〇〇円余の稼ぎだから、これはもう〝仕事をしている〟どころか〝小遣いを稼いでいる〟とすらいえないだろう。六本の原稿だが四百字詰原稿用紙で合計二十枚分にしかならないのだから、いたしかたない。

ペンの仕事というのは雑誌や新聞からの注文に応じて書くのだから、つまり松下センセにはこの程度の注文しかこないということでもある。どこかの編集者がひょっこりと松下センセの名を思い出してくれるのを待つしかないのだが、いまや若い編集者は松下センセの名も知らないというのが実状ではあるまいか。

ただ、松下センセの場合、書きおろしの単行本の原稿を持ち込めばどの出版社でも待ってくれていて、それでどうやらこれまで年に一冊か二冊の本の印税で生き延びてきているのだが、今年は病気に消耗しているせいもあってまだ全然書きおろしにも着手していない。このぶんでは今年は一冊の本も出せないことになりそうで、そのことも心細さをつのらせる原因となっている。今年の収入の柱となるものがないのだ。

実はこの五カ月間に、松下センセの過去の著作からの収入が三件ほど入っていて、こういうことは珍しい。

松下センセのこれまでの著作三十六冊がいまも生きていて、その一冊一冊がわずかずつでも収入を生んでくれたらというのは、まことに虫のいい願いなのだが、実際にはほとんどの本が絶版になっているし、絶版にはなっていなくてももはや増刷など考えられないというのが現実である。

それでも、いまもわずかずつながら松下センセを助けてくれる〝孝行息子〟があって、その一冊が『5000匹のホタル』（理論社）である。一九七四年に初版が出た児童小説『5000匹のホタル』は現在三十二刷を重ねるという、松下センセにしては唯一の例外的ロングセラーなのだが、これも内情を打明けると〝便乗による〟ロングセラーなのだ。

出版元の理論社が家庭向けの児童図書セット（十冊くらいだろうか）を組んで、「ほるぷ」という会社がその訪問販売を担当しているのだが、その販売セットの一冊に『5000匹のホタル』が組み込まれている。いわばセットぐるみで売れているわけで、書店に並んで独自に売れているのではない。

多分、一緒にセットに組まれている灰谷健次郎氏など人気作家の力で売れているわけで、便乗そのものであり、松下センセの作品の力量とは思えない。松下センセにもロングセラーがあるのだと胸を張っていえないのはそんな訳で、なんとなく心やましいものがある。

たまたま今年に入って『5000匹のホタル』千部の増刷による印税収入一二万余円が入ったのだが、更にありがたいことに同じく児童向けノンフィクション『どろんこサブウ』（講談社）が久々に五刷を出して（しばらく品切れだった）、その印税収入が一一万余円であった。

もう一件は教科書に採用されている作品に対する印税収入で、これが二万八〇〇〇円。文部省はこれっぽっちしか払ってくれない。

以上を合計して二五万円余というのが、過去の著作から得た収入で、これが嬉しいのはタナボタみたいな収入だからだが、こんなことはめったに起きない。

昨年末に出版した『ありふれた老い』（作品社）を、「これは絶対売れます」と担当編集者が本気で期待していたので、そんなことあるわけないのになあと思いながらもひょっとしたら……という淡い期待を松下センセも消せなかったのだが、案の如く初刷のままで五カ月が経過しようとしている。五カ月以内に増刷がない場合は初刷で終るというのは、これまでの体験で知っている。松下センセにとっては、二刷に至る距離が実にはるかである。

過去の著作からの収入でくれれば、国税還付金もその中に入れていいだろう。著述業の場合、印税も原稿料もそのつど一〇％の源泉徴収で差引かれて支払われているので、松下センセのように低所得者には納税期にその全額が還付されることになっている。今年の国税還付金は二〇万円ほどだった。どこからもボーナスなど貰えない松下センセにしてみれば、毎春三月の国税還付金はボーナスのように嬉しいものである。

以上を合計するとおよそ五八万円となって、これが今年になっての五カ月間に得た松下センセの総収入である。月額に割ると一二万円にもならないのでは、作家としては開店休業みたいなものである。

最後に打明ければ、もう一つの特別収入がある。しかもその収入が額としては一番大きいのだが、それを稼いだのは細君である。なんとも哀しい話であるが、細君はわが身を切りさくことで金を稼ぐことになったのだ。

すでに報告したように、細君は三月に子宮筋腫の摘出手術を受けたが、退院したあと郵便局の簡易保険に入院保険金を請求した。日額五〇〇〇円の保険金が出る保険に入っているのだが、最初の二日分は対象にならないとかで、五〇〇〇円×十八日分の九万円を貰える計算だった。局の窓口で「手術を受けているようですから、手術の保険金もいくらか出るはずです」と説明されたが、中津の局の窓口ではその額まではわからないという。

細君も松下センセも、二、三万円が加算されるのかなと話し合っていたのだが、一週間後に熊本の局から届いた通知を見て、驚きの声をあげてしまった。なんと、支払い額が三九万円となっているのだ。信じられなくて、二人で何度も数字を確かめたものだ。

中津の局の窓口に受取りに行くときも、窓口で「おや、これは数字のミスです」といわれるのではないかと恐れていたが、細君はニコニコしながら三九万円を貰ってきた。

細君の入院手術に要した費用は、五万円以上の支払い分については国民健康保険から払い戻されてくるので、結局は五万円の出費ということになる。したがって、入院に要した他の諸経費を合計しても九万円で補えるはずで、保険金の三〇万円を丸々細君は稼いだことになる。

受取ってきた三九万円をそっくり差し出す細君を、松下センセはさえぎったものである。

「これはおまえが身体を痛めてもらったお金なんだから、そっくりおまえのものにすればいい」

松下センセが細君に小遣いを渡すことなんてめったにないのだから、こんなときくらいは度量の広さを示さなければならない。

「いいんよ。うちはいま別に買いたいものはないから、生活費の方にまわしてよ」

細君はそういってきかない。

「そうか。それじゃあ一〇万円だけ、おまえのものにしてくれ。それで手をうとうや」

「ワー、一〇万円もいっぺんにもらうなんて、はじめてのことやなあ」

細君があまりに素直に大喜びするので、なんだか松下センセも自分が小遣いを与えたような気になっている。

かくて二九万円という大金が松下センセの収入に加わることになった。細君が腹を切りさいて得た金だと思うとうやうやしく受取らざるをえなかった。

——こんな内情の松下センセなのだから、やっぱり日本文芸家協会に加入する資格なんてないというべきでしょうね。

（一九九五・六）

ちょっとしたあとがき

さて、タイトルである。

松下センセが最初につけたタイトルは『売れない作家の散歩三昧』であったが、担当編集者は首をかしげた。

「自分から売れない作家と名乗ると、なんだか世の中をうらんですねてるみたいにとられかねませんね。松下センセの場合、決してそうじゃないでしょ？」

同意を求められた松下センセは、いえ、そうなんです、うらんで、すねてるんですけど……という言葉をぐっと飲み込んで、小さくうなずいてしまった。

「そうでしょ。松下センセの場合、自分から売れなくてもいいという生き方を選択しているわけですから、タイトルをもう一度考え直してみてください。私の方でも考えてみます」

編集者に引導を渡されて第一案が消えてしまうと、松下センセにはもうこれといったタイトルが思い浮かばない。

かろうじて思いついたのが『かろうじて作家です』というものだが、これもまたひがんでいるといわれそうでいいだせなかった。いまの松下センセの実感としては、まことにぴったりなのだが。

そうするうちに、編集者からはドーンと十二も列記されたタイトル案が届いたが、そのなかに『カモメのおじさんの四季』をみつけて笑ってしまった。『豆腐屋の四季』で登場した松下センセの二十七年後が『カモメのおじさんの四季』とはねえ……。

「いろいろ並べてみましたが、やっぱり冒頭の『底ぬけビンボー暮らし』でいきたいと思うのですが……」と編集者にいわれて、今度は松下センセが首をかしげた。

「そのタイトルだと、なんだか羊頭狗肉の感があって、気がひけますねえ。――だって、ビンボーを売りものにしてるみたいだけど、やっぱりほんとのビンボーって、食うや食わずといったぎりぎりの窮迫のはずで、そこまで追いつめられていないんですから……」

「いや、いや。ビンボーって、松下センセが文中に使ってる言葉で、これは貧乏とはちがうと思うんです。暗い感じの貧乏とは別の、ちょっと明るい感じのビンボーってところがいいんです。これが〝底ぬけ〟――これも松下センセが使っていますが――とつながると、松下センセ一家及びその周辺の人たちの雰囲気にぴったりのような気がしますね」

うーん、そういうものであろうかと、松下センセは説得されてしまった。なにしろ、この本を担当して下さっている松田哲夫さんは、初期の『潮風の町』の頃からお世話になっているベテラン編集者なのである。

というわけでめでたくタイトルも決まったのだが、あとは松下センセの現実が〝明るいビンボー〟から〝暗い貧乏〟へと暗転しないことを祈るのみである。

底ぬけタイトル顚末記

解説
松田哲夫

松下竜一さんは、一九六九年の『豆腐屋の四季』(講談社)から最後の「ずいひつ」を執筆した二〇〇三年まで、三十四年の文筆生活の間に、四十四冊の単行本を世の中に送り出した(自費出版は別にして)。版元別にみていくと、冊数が多い出版社は、初期に多くの本を出している朝日新聞社、後期に重要な作品を出している河出書房新社(『松下竜一その仕事』三十巻という驚異の企画も実現した)がそれぞれ五冊。デビューを飾った講談社が十冊。驚くべきことには、ぼくが勤めていた筑摩書房が十二冊で一位なのだ。そして、そのうちの九冊をぼくが担当した。

最初の本は、『五分の虫、一寸の魂』(七五年刊)というノンフィクション・ノベルだった。松下さんはじめ素人七人衆が、「環境権」を掲げて豊前火力発電所建設に反対し、弁護士に頼らずに闘ったユーモラスな法廷奮闘記。これは、ぼくもスタッフの一人だった雑誌「終末から」に連載されていたものだ。雑誌での担当はぼくではなかった。ほとんど無名の書き手に連載を依頼したのは原田奈翁雄編集長。その頃、森崎和江さん、石牟礼道子さんなど、九州の記録作家たちに注目が集まっていたが、その中心人物、筑豊文庫の上野英信さんあたりの推薦があったのだろう。雑誌が終刊になった後、単行本にまとめる仕事を原田編集長から命じられた。この作品には、いろいろ面白いところがあるのだが、市民運動の記録としてもユーモア小説としても、いま一つ彫りが浅いように感じていた。

そういうぼくの気持ちを先取りするかのように、松下さんは次作「砦に拠る」（「文芸展望」連載）を書き始めていた。これは、下筌《しもうけ》ダム建設反対を掲げ、熊本県の山中に壮大な蜂の巣城を築いて徹底抗戦した、山林地主室原知幸の闘いを克明に描いている。力強い筆致でグイグイと読者に迫ってくるノンフィクションだ。雑誌の担当は柏原成光「文芸展望」編集長だったので、今度は、ぼくの方から「単行本は担当させて下さい」と手をあげた。

松下さんは、生涯、病気と闘い続けたが、めったなことでは弱音を吐かない人だったようだ。それでも、仕事の連絡や本の注文のためにこまめに送られてくる葉書や手紙の片隅に記されている近況のほとんどが病気にかかわることだった。

「ずっと咳と痰にあえいでいます」
「六月〜七月に喀血で一ヵ月入院しましたが、いまはもう元気です」
「十二月は腎臓結石の激痛にふりまわされて、まったくなにもできませんでした」
「この冬は病気にとりつかれています。首をすくめて、春を待っています」

そもそも、生後まもなく肺炎で危篤状態になり、高熱で右目を失明。高校三年生のときに喀血、肺浸潤（結核）と診断され、療養のため四年かかって高校を卒業する。休学した一年で、文学に親しむ。その後、結核治療のかたわら、一年間の浪人で大学をめざすが、母が急逝したため進学を断念し、父親の豆腐屋を手伝う。

二十五歳の時、短歌作りを始め、朝日歌壇に入選する。一九六八年、六年間の入選歌を中心に、短歌と短文で綴った生活記『豆腐屋の四季』を自費出版した。翌年、この本が講談社から刊行されると、緒形拳主演でテレビドラマにもなり、一躍人気者になる。

ところが、七二年、松下さんが豊前火力発電所の建設に反対する運動を始め、翌年、機関誌「草の根通信」を刊行するようになると、世間の目は変わってきた。「豆腐屋の孝行息子」から「お上に逆らう嫌われ者」へと松下さんのイメージが一変していったのである。

『砦に拠る』（七七年刊）には、こういう時期の、松下さん自身の姿も投影されていた。そして、これが、『ルイズ――父に貰いし名は』（講談社・八二年刊・第四回講談社ノンフィクション賞受賞）をはじめとする、孤立して闘う者の哀しみに肉薄するノンフィクションの数々を生み出していく始まりでもあった。

松下竜一という作家に興味を覚えたぼくは、これまでの作品を振り返って読んでみた。すると、どこの出版社からも相手にされず自費出版したという二冊の小説集、『人魚通信』（七一年刊）、『絵本切る日々』（七二年刊）が心に残った。これらの掌編は、松下さんの身辺を描きながら、そこにささやかなときめきやきらめきが加味されている。一編一編は短いけれど読後に残る余韻は格別のものがある。そこで、松下さんと相談し、この二冊に収録されている掌編から十九編を精選し、漫画家の永島慎二さんの挿絵を加えて、『潮風の町』（七八年刊）として刊行した。

その後、第三子（杏子さん）誕生前後を描いた児童小説『ケンとカンともうひとり』（七九年刊）、短歌に託して反戦の思いを母から娘へ伝えるノンフィクション『憶《おも》ひ続けむ』（八四年刊）も担当させてもらった。

九五年秋、松下さんから久しぶりに原稿の束が送られてきた。「草の根通信」に毎号掲載している身辺雑記「ずいひつ」を集めたものである（九〇年七月～九五年六月）。吹く風や川面のかがやきに心奪われ、深夜の流れ星に夢を託し、ささやかな旅行に心躍らせる。そこには『豆腐屋の四季』、『潮風の町』以来、基本的に変わらない、病気がちな一家の主と、貧しいけれど、明るく力強く生きている周囲の人びとの姿が活き活きと描かれていた。

この「ずいひつ」をまとめた本は、『いのちき してます』(「ずいひつ」七五年二月〜八〇年十二月・三一書房・八一年刊)、『小さな手の哀しみ』(八一年一月〜八四年四月・径書房・八四年刊)、『右眼にホロリ』(八四年七月〜八八年一月・径書房・八八年刊)の三冊がすでに刊行されていたが、売れ行きは芳しくなかった。それでも、時を経て、ひときわ味わい深くなった松下さんの文章を読んでいると、ぼくは何としてでも出したいと強く思った。そこで、本作りにかかる経費をとことん切り詰めて、その頃の文芸書の最小初刷部数三千部でも、それなりの定価がつくように工夫した。しかし、その努力も限界に突き当たってしまう。もう削るところなど、どこにも見当たらなくなったのだ。

そこで、「草の根通信」の定期購読者を始め、松下さんの本を、直接買ってくれる人たちがいることに期待して、松下さんにあらかじめ五百冊を買う約束をしてもらい、初刷を三千五百部にした。こうして、この手の四六判並製のエッセイ集としてはギリギリの定価千六百円(税別)にすることができた。

こんなにおもしろい本なのだから、手にとってもらうことができればいいのだ。そのためには、書名と装幀が大事だ。装画は友人の高瀬省三さんにお願いして、夕方の海辺でたわむれる一家の姿を描いてもらった。問題は書名である。松下さんが原稿に添えてきた書名は、こういうものだった。

「売れない作家の散歩三昧」
「どっこい生きている」

「売れない作家」、「どっこい」は、いかにも松下さんらしいが、ややひがみっぽい印象になるのは得策ではない。そこで、本文をじっくり読み返していった。その時、気になった言葉がふたつあった。ひとつは「ビンボー」、もうひとつは「底ぬけ」。「ビンボー」は「貧乏」の切羽詰まった暗い感じと違って、貧しさをそれなりに楽しんでいるような気がする。また、「底ぬけ」も、この一家と周囲の人たちの明るさ、温かさを表現する言葉としてはピッタリだと思った。そこで、このふたつの言葉を組み合わせたものをメインに、本文中に出てくる言葉をひろいながら、こんなタイトル案を十いくつか並べて送った。

「底ぬけビンボー暮らし」
「底ぬけビンボー生活」

「底ぬけビンボー三昧」

「ビンボー暮らしの四季」

「浮世離れビンボー生活」

「明るいビンボー」

「カモメのおじさんの四季」


ぼくは、「底ぬけ」と「ビンボー」の組み合わせしかないと思っていた。それでも、松下さんはビンボーが前面に出ることに抵抗があるようで、こういう返信が届いた。

「『底ぬけビンボー暮らし』は、羊頭狗肉の感じで気がひけます。やっぱり、底ぬけのビンボーとなりますと、食うや食わずといったイメージのはずで、さすがに、その線には達していませんので……」

そして、彼の対案として書かれていたのは、こういうものだった。


「カモメを連れて河口をゆけば」

「かろうじて作家です」


ぼくは、「底ぬけ」と「ビンボー」の明るさを再度強調して、「『底ぬけビンボー暮ら

『底ぬけビンボー暮らし』（1996年9月、筑摩書房刊）カバー

し』に決めます」と一方的に通告してしまった。電話のむこうで苦笑している松下さんの姿が目にうかんだ。

松下さんは「ちょっとしたあとがき」で「あとは松下センセの現実が〝明るいビンボー〟から〝暗い貧乏〟へと暗転しないことを祈るのみである」と不安を表明していた。

いざ、本が出ると、「週刊文春」、「毎日新聞」など、いろんな新聞、雑誌からインタビューの申し込みが相次ぎ、好意的な書評も次々に掲載されていった。

例えば、井上ひさしさん、松山巖さん、井田真木子さんの三人が雑誌「本の話」に連載していた「鼎談書評」にも取り上げられた（文藝春秋・一九九七年三月）。

まず、井田さんが「とにかくその貧乏生活ぶりが楽しくて、でもそれは松下さんの言葉による楽しい貧乏なんであって、実は苦しいと思うんですけども（笑）。言わば、『うっとりするほど貧乏なお話』というところでしょうか」と紹介してくれた。

松山さんは「僕なんか、身につまされることばっかりです（笑）。物書きがいかに貧乏か。……最初は、そういう貧乏自慢かと思って読んでたんですが（笑）、実は夫婦愛とか友情とか、いまどきこんなに、ほのぼのとする話はないと、井田さんが言うとおり、うっとりしちゃう」と盛り上げる。

そして、井上さんが、「僕がテレビのライターかプロデューサーだったら、これを今すぐドラマにしますね。ただの貧乏は沢山ありますけど、志のある貧乏でしょう(笑)。貧乏を手玉に取ってる。筋の通った由緒正しい貧乏なんですよ」と大絶讃してくれた。その頃、井上さんと電話で話すことがあり、題名についてのやりとりのことを話すと、「『かろうじて作家です』はとてもいいタイトルだと思いますよ」と言われてしまった。

また、川本三郎さんは、ぼく宛の葉書にこういう感想を寄せてくれた。

「私もいっぱし貧書生を気取っていましたが、上には上というか、すごい人がいるものだと驚きました。こういう『明るいビンボー』はいいですね」

蓋を開けてみると、『底ぬけビンボー暮らし』は、驚くほどのスピードで売れていくではないか。松下さんがあらかじめ購入した五百冊は、すぐに売れてしまい、二百冊、さらに二百冊と追加注文がきた。当然、三千五百部では足りるはずもない。二刷、三刷と版を重ねて、最終的には七刷一万一千五百部にまで達した。

それまでは、年収二百万円前後だった松下さんも、この年には年収四百万円を超えた。その結果、長者番付発表の記事にあわせて報道されてしまった。(ただし、その翌年には二百万円前後に戻ったことは言うまでもない。)

この後、「草の根通信」も「ずいひつ」も続いていったので、一冊分たまると単行本にまとめていった。次の本のときも「作者としては勘弁してほしいタイトルだが、編集者が《絶対にこれだ!》とひらめいたとあっては反対できない」(「著作自解」より・『図録　松下竜一その仕事』）ということで『本日もビンボーなり』という書名に決定した（「ずいひっ」一九五年七月〜九七年十月・九八年刊行）。さらに次の時も、『ビンボーひまあり』と「ビンボー」でいくことにした。松下さんは、もう抵抗することはあきらめたようだった（「ずいひっ」九七年十一月〜二〇〇〇年三月・二〇〇〇年刊）。

さらに次の本の時には、これ以上苦笑いをさせるのは気の毒だと思い、松下さんの気持ちに添ったタイトルにしようと提案して『そっと生きていたい』に決定した（「ずいひっ」二〇〇〇年六月〜〇二年一月に「西日本新聞」、「朝日新聞」西部本社版連載の文章を加えて一冊にまとめた・〇二年刊）。これらの三冊も、ぼくが担当させてもらった。（ちなみに、「ずいひっ」は二〇〇三年六月五日「草の根通信」第三六七号に発表の「山里からの便り」が絶筆になったという。）

ところで、松下さんはもっぱら中津にいて、めったに上京されることもないので、お目にかかることは少なかった。ただ、一度だけお宅を訪問し、一家の温かい暮らしぶりに接することができた。寡黙な松下さんが、近くを案内してくれたことも、とてもいい思い出になっている。

年譜

松下竜一

一九三七年（昭和一二年）
二月一五日、大分県中津市塩町で、松下健吾（三一歳）と光枝（二六歳）の長男として生まれる。戸籍名龍一。姉一人、弟五人。一〇月頃、急性肺炎の高熱により右眼失明。多発性肺嚢胞《はいのうほう》症はこのとき発症したと思われる。この頃父は材木商。のち戦時統制でやめさせられ、木工・家具職人となる。四六年頃、豆腐屋を始める。四九年頃、船場町五六一番地一に転居か。

一九五四年（昭和二九年）一七歳
二月、中津北高校の文芸誌「山彦」一七号に「殻」を書く。六月頃、喀血して「肺浸潤」と診断され、休学。翌年、復学。

一九五六年（昭和三一年）一九歳
三月、中津北高校を卒業。「結核」療養しながら一年間の浪人で大学をめざす。五月七日昼前、母光枝、仕事場で昏倒。八日夕刻、昏睡のまま死去（四五歳）。進学を断念し、父を助けて働く。

一九五七年（昭和三二年）二〇歳
九月二六日、日記始まる。現実のみじめさから逃避して読書と映画の日々。

一九五八年（昭和三三年）二一歳
一一月一〇日、弟の一人と争って家を出る。一七日、小倉の街をさまよった果て、映画

『鉄道員』を見、自殺を思い止まり、帰る。
一九六〇年（昭和三五年）二三歳
一月七日、親友福止英人死去（二五歳）。
一九六二年（昭和三七年）二五歳
五月二八日、三原洋子を将来の妻に、と日記に書く。一一月一〇日、洋子の母ツル子に勧められ、短歌を作り始める。一二月一六日、「泥のごとできそこないし豆腐投げ怒れる夜のまだ明けざらん」が、朝日歌壇に初入選。以後常連となる。
一九六六年（昭和四一年）二九歳
一一月三日、洋子（一八歳）と結婚。引出物として歌集『相聞』を作る。
一九六八年（昭和四三年）三一歳
一一月四日、長男健一《けんいち》生まれる。一二月一日、『豆腐屋の四季』を自費出版。
一九六九年（昭和四四年）三二歳
四月八日、講談社より『豆腐屋の四季　ある青春の記録』公刊。七月一七日、連続テレビドラマ『豆腐屋の四季』（朝日放送制作）始まる。緒形拳、川口晶出演（〜翌年一月八日）。
一九七〇年（昭和四五年）三三歳
二月一五日、『吾子の四季　父のうた・夫のうた』講談社刊。四月五日、二男歓《かん》生まれる。五月、「仁保事件」の冤罪を晴らす運動をしている向井武子、中津来訪。六月二九日、朝日新聞で「東京・水俣病を告発する会」結成の記事を読み、東大助手宇井純の「患者とともに、地獄の底までつき合えるか」という言葉に粛然となる。同会の俳優砂田明が水俣に巡礼するとの記事にも衝撃を受け、自身もっと自由に生きたいと思い、また体調の問題もあって、七月九日、豆腐屋を廃業。一七日、「朝日新聞」声欄に、「仁保事件」に関して「タスケテクダサイ」を投稿。二九日、「仁保事件の真相を聞く会」を多田牧師と主催（中津教会）。
一九七一年（昭和四六年）三四歳

三月三日、『歓びの四季　愛ある日々』講談社刊。一一月七日、「西日本新聞」に大分新産業都市の公害を取材して「落日の海」を一五回連載（〜一二月二六日）。

一九七二年（昭和四七年）　三五歳

五月一日、広島大学の石丸紀興から周防灘開発問題についての手紙が来る。一六日、「仁保事件」広島高裁傍聴。広島大学で石丸に会う。六月四日、周防灘開発問題研究集会主催。七月一四日、『海を殺すな』自費出版。三〇日、「中津の自然を守る会」発足。宇井純の講演。梶原得三郎と出会う。八月八日、恒遠俊輔《つねとおとしすけ》らと姫路、岬町、水島視察（〜一一日）。二〇日、『風成の女たち　ある漁村の闘い』朝日新聞社刊。二七日、上野英信、初めて来宅。一〇月一一日、「朝日新聞」声欄に「計算が示すこの害——豊前火力に反対」を書く。一一月一四日、「熊本日日新聞」に「かもめ来るころ」を三〇回連載（〜一二月一八日）。一二月一三日、路上で徹夜して広島高裁傍聴。「仁保事件」無罪判決。一六日、「朝日新聞」文化面に「暗闇の思想」を書く。

一九七三年（昭和四八年）　三六歳

一月二八日、豊前火力反対市民大会。公開・公害学習教室を主催、「中津の自然を守る会」と別れる。三月一五日、「豊前火力絶対阻止・環境権訴訟をすすめる会」発足。四月五日、「草の根通信」創刊（恒遠の編集で「豊前公害を考える千人実行委員会」が第三号まで発行していた機関誌名を引き継ぎ、第四号とする）。六月一六日、反公害・くらやみ対話集会（豊前市平児童公園）。一七日、反公害・環境権シンポジウム（中津市福沢会館）。七月二日、東大自主講座第六学期で、豊前火力反対運動について報告。八月二一日、福岡地裁小倉支部に豊前火力発電所建設差止請求裁判（豊前環境権裁判）提訴。原告は松下竜一、伊藤龍文、釜井健介、坪根侔《ひとし》、市崎由春、恒遠俊輔、梶原得三郎の七人。弁護士なしの本人訴訟。「この自然破壊を見過ごすならば、私の書いた歌も文章も嘘になってしまう」。一二月一四日、第一回口頭弁論。法廷録音の許可を得る。松下がボタンを押し間違え、法廷に『荒野の七人』のテーマが鳴り響く。一六日、恒遠、坪根らと上京。一七日、電源開発調整審議会（電調審）に突入。二〇日、電調審は豊前火力を認可。二四日、豊前現地気象調査（～二七日）。

一九七四年（昭和四九年）三七歳

二月一一日、「砦に拠る」の取材で日田市に故室原知幸の妻ヨシを訪ねる。一五日、『5000匹のホタル』理論社刊。三月四日、準備書面提出、「一羽の鳥のことから語り始めたい」。一四日、『暗闇の思想を　火電阻止運動の論理』朝日新聞社刊。四月、「終末から」六号に「立て、日本のランソのヘイよ！」を連載（～一〇月、九号）。六月二六日、明神海岸埋立着工。阻止行動展開。以降連日海岸へ通う。七月四日、梶原ら三名逮捕される。八月一六日、三名にかかわる刑事裁判（豊前海戦裁判）第一回公判。九月二五日、『檜の山のうたびと』筑摩書房刊。

一九七五年（昭和五〇年）三八歳

二月五日、「草の根通信」二六号から「松下センセ」の「ずいひつ」連載開始（～二〇〇三年六月、三六七号まで三三四回連載）。同日、豊前海戦裁判第二回公判で抵抗権を主張。三月一五日、『明神の小さな海岸にて』朝日新聞社刊。八月二一日、『環境権ってなんだ　発電所はもういらない』ダイヤモンド社刊。一〇月二〇日、『五分の虫、一寸の魂』筑摩書房刊。

一九七六年（昭和五一年）三九歳

八月二日、「毎日新聞」に「明神海岸七六年夏」を書く。九月、この時期裁判に追われている。
一九七七年（昭和五二年）四〇歳
七月二〇日、『砦に拠る』筑摩書房刊。九月、上野英信の紹介で鞍手町立病院の山本廣史医師より（結核ではなく）多発性肺嚢胞症の診断を受ける。
一九七八年（昭和五三年）四一歳
一月九日、長女杏子《きょうこ》生れる。二月五日、「草の根通信」に「カンキョウケン確立」を書く。五月三〇日、『潮風の町』筑摩書房刊。
一九七九年（昭和五四年）四二歳
四月一八日、豊前海戦裁判判決（梶原に罰金刑）。二五日、『ケンとカンともうひとり』筑摩書房刊。七月二〇日、『まけるな六平』講談社刊。八月三〇日、豊前市中央公民館で「豊前人民法廷」を開き、「勝訴」。三一日、豊前環境権裁判門前払い判決。「アハハハ……敗けた敗けた」の垂れ幕。控訴。一〇月三〇日、『疾風の人　ある草莽伝』朝日新聞社刊。一二月一七日、『あしたの海』理論社刊。
一九八〇年（昭和五五年）四三歳
一月一五日、「ビデオで観る豊前火力闘争八年史」（中村隆市制作）を豊前市中央公民館で開く。伊藤ルイ（大杉栄、伊藤野枝の四女）と出会う。二三日、環境権裁判控訴審始まる（福岡高裁）。三月五日、米ミシガン州立大学のプラッター教授を招いて、小魚がダムを差し止めた裁判について講演会を開く。一〇日、『豊前環境権裁判』日本評論社刊。一〇月一五日、デビッド・ロサリオ（太平洋への放射性廃棄物の投棄に反対するマリアナ同盟）を迎えて、懇談会を開く（日吉旅館）。
一九八一年（昭和五六年）四四歳
三月一〇日、『海を守るたたかい』筑摩書房刊。一三日、砂田明「乙女塚」勧進興行一人芝居『海よ母よ子どもらよ』を開く。その前座の吉四六《きっちょむ》芝居『徳利ん酒』で浪人を演じる。三一日、環境権裁判控訴審却下判決。「破れたり破れたれども十年の主張微塵も枉《ま》ぐと言わなく」の垂れ幕。上告。四月一日、「絵本」が『新しい国語三』（東京書籍）に載る（～二〇〇一年三月）。三〇日、『いのちきしてます』三一書房刊。

一九八二年（昭和五七年）　四五歳

一月三一日、「環境権訴訟をすすめる会」解散パーティ（豊前市民会館）。二月五日、「草の根通信」一一一号に「むしろ新しい出発のために」を書く。「草の根通信」のサブタイトルは「豊前火力絶対阻止」から「環境権確立に向けて」にかわる。発行は「草の根の会」。三月一〇日、『ルイズ　父に貰いし名は』講談社刊。六月一八日、同作により第四回講談社ノンフィクション賞を受賞。

一九八三年（昭和五八年）　四六歳

三月五日、『いつか虹をあおぎたい』フレーベル館刊。二〇日、原子力空母エンタープライズ入港抗議で佐世保へ。梶原らと市内をデモ。七月三〇日、『久さん伝　あるアナキストの生涯』講談社刊。一〇月一日、梶原、伊藤ルイらと原子力空母カールビンソン入港抗議で佐世保に行き空母の周囲を小舟で廻る。一一月三〇日、『ウドンゲの花　わが日記抄』講談社刊。

一九八四年（昭和五九年）　四七歳

六月二九日、「電源乱開発に反対する九電株主の会」として、第六〇回九電株主総会に初めて出席（以後、毎年出席）。七月二〇日、『小さな手の哀しみ』径書房刊。八月一〇日、『憶ひ続けむ　戦地に果てし子らよ』筑摩書房刊。九月二一日、平井孝治ら二三人で九電株主総会決議取消請求訴訟（九電株主権裁判）を提訴（福岡地裁）。一二月二七日、「文芸」二月号に「記憶の闇」一挙掲載。

一九八五年（昭和六〇年）　四八歳

四月五日、『記憶の闇　甲山事件［1974→

1984]』河出書房新社刊。七月一五日、『私兵特攻　宇垣纏長官と最後の隊員たち』新潮社刊。一〇月一七日　甲山《かぶとやま》裁判第一審判決（完全無罪）傍聴。一二月二〇日、豊前環境権裁判終結（最高裁は原告適格なしとして却下）。

一九八六年（昭和六一年）四九歳

三月二一日、豊のくにテクノピア（なかつ博）オープン。中津・下毛地区労と共に反核パビリオン（非核平和展）を担当（〜五月一一日）。期間中の四月二六日、チェルノブイリ原発大爆発。六月八日、小出裕章を招き、「チェルノブイリ原発で何が起きたのか」の講演会を開く（中津市中央公民館）。八月一一日、第一回「平和の鐘まつり」（以後毎年）。九月一〇日、『仕掛けてびっくり　反核パビリオン繁盛記』朝日新聞社刊。一四日、「反日ヤジ馬大博覧会」（大阪中之島公会堂）で講演。一一月、「文芸」冬季号に「狼煙を見よ　東アジア反日武装戦線〝狼〟部隊」を一挙掲載。

一九八七年（昭和六二年）五〇歳

一月一五日、『狼煙を見よ　東アジア反日武装戦線〝狼〟部隊』河出書房新社刊。五日、原水禁九州の非核交流でベラウ（パラオ）へ（〜一二日）。三月二三日、〝狼〟部隊の大道寺将司と最後の面会。同日、獄中の二人（大道寺・益永利明）と伊藤ルイ、筒井修、木村京子ら一三人（うみの会）で、東京拘置所所長と法務大臣を相手に、差し入れ交通権訴訟（Tシャツ裁判）を提訴（福岡地裁）。翌二四日、最高裁は大道寺らの上告を棄却、死刑が確定した。一〇月五日、「草の根通信」一七九号に「人殺しの演習はゴメンです」を書く。一一月一日、日米共同訓練反対全国集会（三万人・玖珠河原）でアピール。

一九八八年（昭和六三年）五一歳

一月一〇日、『あぶらげと恋文』径書房刊。

一五日、「草の根通信」一五周年記念パーティ（ホテルサンルート中津）。二五日、伊方原発出力調整実験反対行動（高松市）に参加（〜二六日）。二九日、警視庁による家宅捜索（ガサ入れ）を受ける（日本赤軍がらみの容疑）。三一日、「平和といのちをみつめる会」主催築《ついき》城基地日米共同訓練反対の「平和の空を」集会で伊藤ルイと話す。二月一一日、第二次伊方行動（原発サラバ記念日）で高松市へ（〜一二日）。三月六日、通信発送作業後、結腸憩室炎による大量の下血で入院（〜二六日）。四月、「草の根通信」一八五号に「ずいひつ番外編　病床日記」を書く。一二日、東大入学式で「私の現場主義」を講演（日本武道館・自治会主催）。八月二五日、『右眼にホロリ』径書房刊。九月二九日、家宅捜索に対し国家賠償請求裁判（ガサ国賠）提訴（東京地裁）。

一九八九年（昭和六四年・平成元年）　五二歳

四月より「船場町・留守居町子供会」の会長をつとめる。七月五日、参院選に「原発いらない人びと・九州」から木村京子が立候補。松下代表は各地で応援演説。落選。一〇月二五日、『小さなさかな屋奮戦記』筑摩書房刊。一一月二一日、『追悼上野英信』（上野英信追悼録刊行会編刊）に「原石貴重の剛直な意志」を書く。

一九九〇年（平成二年）　五三歳

五月一二日、洋子の母三原ツル子死去（六四歳）。一〇日、『どろんこサブウ　谷津干潟を守る戦い』講談社刊。七月九日、新宿モーツァルトサロンでの「東京室内歌劇場・歌と朗読の夕べ」で山内雅人さんが「絵本」を朗読。一二月五日、『母よ、生きるべし』講談社刊。

一九九一年（平成三年）　五四歳

四月二二日、「抜穂の儀」違憲訴訟第一回口頭弁論で意見陳述（大分地裁）。一二月一五

日、菊田幸一・安田好弘を迎えて「田原法相の足元で死刑制度を考えるつどい」主催（中津市北部集会所）。一二月一一日、父健吾寝たきりとなり、食事介護始まる。

一九九二年（平成四年）五五歳

六月二五日、『ゆう子抄　恋と芝居の日々』講談社刊。一〇月、「記録」一六三号に「歌との出遭い、そして別れ」を書く。

一九九三年（平成五年）五六歳

一月四日、「西日本新聞」に「北門の海にカモメと遊ぶ」の記事載る。六月一三日、伊達火力着工二〇周年集会で講演（北海道伊達市）。七月一三日、父健吾死去（八七歳）。一二月一二日、『生活者の笑い、「生」のおおらかな肯定』論楽社刊。一五日、『怒りていう、逃亡には非ず　日本赤軍コマンド泉水博の流転』河出書房新社刊。

一九九四年（平成六年）五七歳

六月二九日、九電株主総会で、「電源乱開発に反対する九電株主の会」が、三万七千株を結集して株主提案権を初めて行使。七月五日、「草の根通信」の発送作業は梶原宅で二一年間やってきたが、中津市北部公民館に変わる。一二月一三日、『ありふれた老い　ある老人介護の家族風景』作品社刊。

一九九五年（平成七年）五八歳

六月一五日、『さまざまな戦後第一集』（日本経済評論社）に「思えば遠くに来たもんだ」を収録。

一九九六年（平成八年）五九歳

五月一五日、伊藤ルイ、末期の胆道ガンと知る。六月二八日、伊藤ルイ死去（七四歳）。九月二五日、『底ぬけビンボー暮らし』筑摩書房刊。一〇月一二日、国東《くにさき》半島の伊美港から船で上関原発予定地へ行き、立木トラストの札を梶原にかけてもらう。一一月一七日、日出生台《ひじゅうだい》日米合同演習反対集会に参加。二三日、ガサ国賠判決（一部勝訴。被告、原告控訴）。
一九九七年（平成九年）　六〇歳
三月二六日、Tシャツ裁判判決（一部勝訴）。四月、控訴。現金の差し入れは認められる）。四月、「RONZA」に「少しビンボーになって競争社会から降りようよ」を書く。四月一〇日、『汝を子に迎えん　人を殺めし汝なれど』河出書房新社刊。六月一六日、一ヵ月以上続いた激しい咳による喀血で、村上記念病院に入院（～七月一二日）。
一九九八年（平成一〇年）　六一歳
五月二〇日、『本日もビンボーなり』筑摩書房刊。六月、風邪をひき、いつもの熱、咳、喘地獄。二九日、村上記念病院に入院（～七月二八日）。一〇月三日、「松下竜一その仕事展」、中津市立小幡記念図書館で開催（～三一日）。『図録　松下竜一その仕事』松下竜一その仕事展実行委員会編刊。五日、『松下竜一　その仕事』（全三〇巻）河出書房新社刊行開始。第一巻は『豆腐屋の四季』（～二〇〇二年二月）。
一九九九年（平成一一年）　六二歳
一月二五日、米海兵隊実弾演習に抗議して、日出生台に通う。二月一五日、風邪をひく。医師から「責任は持てませんからね」と匙を投げられる。四月一一日、「朝日新聞」に「ちょっと深呼吸　わがまち　二人と五匹の散歩道」を書く（～二〇〇四年六月二〇日、四三回連載）。
二〇〇〇年（平成一二年）　六三歳
二月四日、日出生台演習場正門前で、実弾演習反対のシュプレヒコール。一三日、日出生台実弾演習反対行動。一四日、風邪をひく。発熱、咳、痰（～二九日）。二三日、ガサ国賠控訴審で勝訴。三月五日、中津市商工会館で「広瀬隆が語る恐怖の臨界事故」講演会を開く。四月二二～二三日、全国植樹祭（大分）に抗議。二七日、村上記念病院に入院

(〜六月二七日)。「群像」一〇月号より「MYATLAS」欄に三回連載(〜一二月号)。九月一三日、主治医に「…あなたの肺はやっとのことで呼吸してるんですよ。…」と入院を勧告されるが、点滴通院。一〇月一九日、旧婚旅行から帰って、入院。一二月一〇日、『ビンボーひまあり』筑摩書房刊。

二〇〇一年(平成一三年)六四歳

一月三一日、米海兵隊実弾演習に抗議して日出生台に通う。三月三日、点滴のため村上記念病院に通う。五月二五日、第四回ゆふいん文化・記録映画祭で、NHK大分制作の『風成の女たち』が上映され、自作『風成の女たち』を朗読する。一〇月二一日、築城基地前の国際反戦デー集会に参加、アメリカのアフガニスタン爆撃に抗議。

二〇〇二年(平成一四年)六五歳

一月二五日、オッペンハイマー著『原子力は誰のものか』(中公文庫)に解説「パンドラの箱をあけた人」を書く。二月九日、四回目の米海兵隊実弾演習に抗議して日出生台に行く。小泉首相に抗議文を送る。一七日、風邪をひく。発熱、咳、痰。二〇日、『松下竜一 その仕事三〇 どろんこサブウ』刊。全三〇巻完結。三月一二日、『巻末の記』河出書房新社刊。六月、姉弟と静岡県寸又峡の山湯館に弟和亜を訪ねる。八月二五日、『そっと生きていたい』筑摩書房刊。一〇月二六日、つぶそう上関原発二〇・二六総決起集会で挨拶。一一月三日、「草の根通信」三六〇号記念パーティ(中津オリエンタルホテル)。一二月一五日、築城基地航空祭(観衆六万人)で、渡辺ひろ子ら六人で抗議。

二〇〇三年(平成一五年)六六歳

一月七日、インフルエンザと肺炎で村上記念病院に入院(〜一八日)。四月一二日、豊津町の瓢鰻亭《ひょうまんてい》で「パネルディスカッション 百姓は米をつくらず田をつくる」のパネラーになる。五月二一日、沖縄大学を辞めた宇井純夫妻が松下を訪ねる。六月八日、第二回毎日はがき随筆大賞表彰式（福岡市の城山ホテル）で「私のエッセー作法」を講演後、午後二時ころ、小脳出血で倒れる。済生会福岡総合病院に運ばれ、緊急手術。家族が付き添う。気管を切開しているので声が出せず、ものが食べられない。七月二四日、小波瀬《おばせ》病院に転院。リハビリを続ける。

二〇〇四年（平成一六年）六七歳

六月一日、村上記念病院に転院。早速洋子の押す車椅子で近辺を散策。一四日、弟紀代一（松下印刷）、死去（六三歳）。一七日、午前四時二五分、多発性肺嚢胞症に起因する肺出血の出血性ショックにより、家族に看取られながら、死去。六七歳。一八日、家族のみで密葬。戒名は義晃竜玄居士。八月一日、「草の根の会」主催「松下竜一さんを偲ぶ集い」（中津文化会館）。全国から九〇〇人が集う。

一〇月八日、ナマケモノ倶楽部主宰第一回「スロー大賞」を受賞。

二〇〇五年（平成一七年）

六月一七日、『勁き草の根 松下竜一追悼文集』草の根の会編刊。同日、新木安利『松下竜一の青春』海鳥社刊。一八日、草の根の会主催第一回竜一忌「豆腐屋の四季の頃」。ゲスト＝柳井達生。

二〇〇六年（平成一八年）

二月一四日、埼玉大学共生社会研究センター監修『戦後日本住民運動資料集成1 復刻「草の根通信」1』すいれん舎刊（2は二〇〇八年一〇月二一日刊。全一九巻＋別冊二『解題・総目次・執筆者索引』）。六月一八日、第二回竜一忌「作家宣言」。ゲスト＝向井武子。一〇月五日、『總有一天我要抬頭看彩虹』（『いつか虹をあおぎたい』台湾版）新苗文化事業有限公司刊。

二〇〇七年（平成一九年）

六月一七日、第三回竜一忌「上野英信と松下竜一」。ゲスト＝上野朱《あかし》。

二〇〇八年（平成二〇年）

六月八日、第四回竜一忌「環境権／暗闇の思想」。ゲスト＝辻信一・中村隆市。一七日、新木安利・梶原得三郎編『松下竜一未刊行著作集４　環境権の過程』海鳥社刊（全五巻。～二〇〇九年六月）。

二〇〇九年（平成二一年）

二月七日、二人芝居『かもめ来るころ　松下竜一と洋子』中津文化会館で上演。トム・プロジェクト（岡田潔）プロデュース、ふたくちつよし脚本・演出、高橋長英・斉藤とも子出演。六月一三日、第五回竜一忌「抵抗権」。ゲスト＝佐高信。

二〇一〇年（平成二二年）

六月一五日、『豆腐屋の四季』ハングル版（成貞愛訳）刊行。一二日、第六回竜一忌「一人でもぶれず闘い続けた伊藤ルイと松下竜一」。ゲスト＝鎌田慧。

二〇一一年（平成二三年）

三・一一東日本大震災による東電福島第一原発事故のあと、「暗闇の思想」が再び注目される。六月一八日、第七回竜一忌「『記憶の闇』と『狼煙を見よ』」。ゲスト＝田中伸尚・山田悦子。

二〇一二年（平成二四年）

六月一六日、第八回竜一忌「反原発」。ゲスト＝小出裕章。

二〇一三年（平成二五年）

六月二二日、第九回竜一忌「反戦・反核・反原発」。ゲスト＝安川寿之輔。

二〇一四年（平成二六年）

六月七日、第一〇回竜一忌「松下竜一の文学」。ゲスト＝下嶋哲朗。

二〇一五年（平成二七年）

六月一三日、竜一忌番外編「参加者のリレートーク」。竜一忌はこれで最後とする。

二〇一六年（平成二八年）
三月一〜六日、トム・プロジェクト『砦』（原作＝松下竜一『砦に拠る』）初演（東京芸術劇場）。東憲司脚本・演出、村井國夫・藤田弓子・原口健太郎・浅井伸治・滝沢花野出演。
二〇一八年（平成三〇年）
三〜四月、トム・プロジェクト『砦』再演。（北海道、四国、東京各地）。

（新木安利・梶原得三郎編）

著書目録

松下竜一

【単行本】

相聞　昭41・11　自費出版
つたなけれど　昭42・3　自費出版
豆腐屋の四季　昭43・12　自費出版
豆腐屋の四季　ある青春の記録　昭44・4　講談社
吾子の四季　父のうた・夫のうた　昭45・2　講談社
歓びの四季　愛ある日々　昭46・3　講談社
人魚通信　昭46・7　自費出版
海を殺すな　昭47・7　自費出版
風成の女たち　ある漁村の闘い　昭47・8　朝日新聞社
絵本切る日々　昭47・12　自費出版
火力発電問題研究ノート　昭48・1　中津公害学習教室
暗闇の思想　なぜ豊前火力に反対するか　昭48・9　環境権裁判を支援する会
5000匹のホタル　昭49・2　理論社
暗闇の思想を　火電阻止運動の論理　昭49・3　朝日新聞社
檜の山のうたびと　昭49・9　筑摩書房
明神の小さな海岸にて　昭50・3　朝日新聞社
環境権ってなんだ　発電所はもういらない　昭50・8　ダイヤモンド社
五分の虫、一寸の魂　昭50・10　筑摩書房

砦に拠る　昭52・7　筑摩書房
潮風の町　昭53・5　筑摩書房
ケンとカンともうひとり　昭54・4　筑摩書房
まけるな六平　昭54・7　講談社
疾風の人　ある草莽伝　昭54・10　朝日新聞社
あしたの海　昭54・12　理論社
豊前環境権裁判　昭55・3　日本評論社
海を守るたたかい　昭56・3　筑摩書房
いのちきしてます　昭56・4　三一書房
ルイズ　父に貰いし名は　昭57・3　講談社
いつか虹をあおぎたい　昭58・3　フレーベル館
久さん伝　あるアナキストの生涯　昭58・7　講談社
ウドンゲの花　わが日記抄　昭58・11　講談社
小さな手の哀しみ　昭59・7　径書房
憶ひ続けむ　戦地に果てし子らよ　昭59・8　筑摩書房
記憶の闇　甲山事件〔1974→1984〕　昭60・4　河出書房新社
私兵特攻　宇垣纏長官と最後の隊員たち　昭60・7　新潮社
仕掛けてびっくり反核パビリオン繁盛記　昭61・9　朝日新聞社
狼煙を見よ　東アジア反日武装戦線〝狼〟部隊　昭62・1　河出書房新社
あぶらげと恋文　昭63・1　径書房
右眼にホロリ　昭63・8　径書房
小さなさかな屋奮戦記　平元・10　筑摩書房
どろんこサブウ　谷津干潟を守る戦い　平2・5　講談社
母よ、生きるべし　平2・12　講談社
ゆう子抄　恋と芝居の日々　平4・6　講談社
生活者の笑い、「生」のおおらかな肯定　平5・12　論楽社

怒りていう、逃亡には非ず　日本赤軍コマンド泉水博の流転　平5・12　河出書房新社
ありふれた老い　ある老人介護の家族風景　平6・12　作品社
底ぬけビンボー暮らし　平8・9　筑摩書房
汝を子に迎えん　人を殺めし汝なれど　平9・4　河出書房新社
戦後ニッポンを読む　狼煙を見よ　東アジア反日武装戦線〝狼〟部隊　平9・10　読売新聞社
本日もビンボーなり　平10・5　筑摩書房
図録　松下竜一その仕事　平10・10　松下竜一その仕事展実行委員会
ビンボーひまあり　平12・12　筑摩書房
巻末の記　平14・3　河出書房新社
そっと生きていたい　平14・8　筑摩書房
豆腐屋の四季（大活字版・全4巻）　平17・10　リブリオ出版
5000匹のホタル（名作の森版）　平18・2　理論社
總有一天我要抬頭看彩虹（台湾版『いつか虹をあおぎたい』＝曾鴻燕訳）　平18・10　新苗文化事業有限公司
두부집의사계（ハングル版『豆腐屋の四季』＝成貞愛訳）　平22・6　도서출판알음（図書出版アルム）
暗闇に耐える思想　松下竜一講演録　平24・1　花乱社

【共著】

新日本風土記　九州編2　日本列島縦断随筆（宮崎康平他と）　昭48・10　昭和書院
住民運動〝私〟論（中村紀一他と）　昭51・8　学陽書房

追悼 上野英信（野間宏他と）　平元・11　上野英信追悼録刊行会

気にいらぬ奴は逮捕しろ！（福島瑞穂他と）　平2・12　社会評論社

反日思想を考える（天野恵一他と）　平3・1　軌跡社

公害自主講座15年（宇井純他と）　平3・11　亜紀書房

さまざまな戦後第一集（森崎和江他と）　平7・6　日本経済評論社

自然保護事典2 海（山田國廣他と）　平7・8　緑風出版

子よ、甦れ 死刑囚とともに生きた養父母の祈り（向井武子他と）　平17・10　明石書店

住民運動〃私〃論 実践者からみた自治の思想（中村紀一他と）　平17・11　創土社

いのちの叫び（日野原重明他と）　平18・12　藤原書店

あの日、あの味「食の記憶」でたどる昭和史（井出孫六他と）　平19・3　東海教育研究所

自主講座「公害原論」の15年（宇井純他と）　平19・5　亜紀書房

【編著】

戦後日本住民運動資料集成1 復刻「草の根通信」1 No.1～205（全9巻＋別冊）　平18・2　すいれん舎

戦後日本住民運動資料集成4 復刻「草の根通信」2 No.206～380（全10巻＋別冊）　平20・10　すいれん舎

【全集・選集・アンソロジー】

松下竜一　その仕事（全30巻）　平10・10〜14・2　河出書房新社
松下竜一未刊行著作集（全5巻）　平20・6〜21・6　海鳥社
昭和万葉集13、14、15　昭55・1〜3　講談社
日本の名随筆51　昭62・1　作品社
日本の名随筆65　昭63・3　作品社
思想の海へ「解放と変革」24　平3・2　社会評論社
現代童話V（文庫）　平3・3　福武書店
日本の名随筆　別巻36　平6・2　作品社
ふるさと文学館51　大分　平6・10　ぎょうせい
リーディングス環境2　平18・2　有斐閣
教科書に載った小説　平20・4　ポプラ社
中学生までに読んでおきたい哲学6　死をみつめて　平24・4　あすなろ書房

【文庫】

砦に拠る（解＝河野信子）　昭57　講談社文庫
豆腐屋の四季　ある青春の記録（解＝岡部伊都子　年）　昭58　講談社文庫
風成の女たち　ある漁村の闘い（解＝小中陽太郎）　昭59　現代教養文庫
ルイズ　父に貰いし名は（解＝井手文子）　昭60　講談社文庫
潮風の町　昭60　講談社文庫
暗闇の思想を　火電阻止運動の論理（解＝田中公雄）　昭60　現代教養文庫

明神の小さな海岸にて（解＝井出孫六）　昭60　現代教養文庫
五分の虫、一寸の魂（解＝佐高信）　昭61　現代教養文庫
呰に拠る（解＝井出孫六）　平元　ちくま文庫
狼煙を見よ　東アジア反日武装戦線〝狼〟部隊　平5　現代教養文庫
怒りていう、逃亡には非ず　日本赤軍コマンド泉水博の流転（解＝木内宏）　平8　河出文庫
豆腐屋の四季　ある青春の記録（解＝小嵐九八郎　年＝新木安利・梶原得三郎　著）　平21　文芸文庫
ルイズ　父に貰いし名は（解＝鎌田慧　年＝新木安利・梶原得三郎　著）　平23　文芸文庫

著書目録には、原則として再刊本、新装版は入れなかった。アンソロジーは一部にとどめ、教科書への再録は省略した。文庫は刊行されたものをすべて掲げた。【文庫】の（　）内の略号は、解＝解説　年＝年譜　著＝著書目録を示す。

（作成・新木安利／梶原得三郎）

本書は、『松下竜一　その仕事　底ぬけビンボー暮らし　第一期第10巻』（一九九九年八月、河出書房新社刊）を底本として使用し、明らかな誤りは正し、多少ルビを調整しました。

底《そこ》ぬけビンボー暮《ぐ》らし

松下竜一《まつしたりゅういち》

二〇一八年九月一〇日第一刷発行

発行者——渡瀬昌彦
発行所——株式会社　講談社
東京都文京区音羽2・12・21　〒112-8001
電話　編集（03）5395・3513
販売（03）5395・5817
業務（03）5395・3615

デザイン——菊地信義
印刷——豊国印刷株式会社
製本——株式会社国宝社
本文データ制作——講談社デジタル製作

定価はカバーに表示してあります。

講談社
文芸文庫

ISBN978-4-06-512928-9

講談社文芸文庫

▶解=解説　案=作家案内　人=人と作品　年=年譜を示す。　2018年9月現在

講談社文芸文庫

三木清	三木清文芸批評集 大澤聡編	大澤 聡——解／柿谷浩一——年
三木卓	震える舌	石黒達昌——解／若杉美智子—年
三木卓	K	永田和宏——解／若杉美智子—年
水上勉	才市｜蓑笠の人	川村 湊——解／祖田浩一——案
宮本徳蔵	力士漂泊 相撲のアルケオロジー	坪内祐三——解／著者——年
三好達治	測量船	北川 透——人／安藤靖彦——年
三好達治	萩原朔太郎	杉本秀太郎—解／安藤靖彦——年
三好達治	諷詠十二月	高橋順子——解／安藤靖彦——年
室生犀星	蜜のあわれ｜われはうたえどもやぶれかぶれ	久保忠夫——解／本多 浩——案
室生犀星	加賀金沢｜故郷を辞す	星野晃一——人／星野晃一——年
室生犀星	あにいもうと｜詩人の別れ	中沢けい——解／三木サニア—案
室生犀星	深夜の人｜結婚者の手記	髙瀨真理子—解／星野晃一——年
室生犀星	かげろうの日記遺文	佐々木幹郎—解／星野晃一——解
室生犀星	我が愛する詩人の伝記	鹿島 茂——解／星野晃一——年
森敦	われ逝くもののごとく	川村二郎——解／富岡幸一郎—案
森敦	意味の変容｜マンダラ紀行	森 富子——解／森 富子——年
森孝一編	文士と骨董 やきもの随筆	森 孝一——解
森茉莉	父の帽子	小島千加子—人／小島千加子—年
森茉莉	贅沢貧乏	小島千加子—人／小島千加子—年
森茉莉	薔薇くい姫｜枯葉の寝床	小島千加子—解／小島千加子—年
安岡章太郎	走れトマホーク	佐伯彰一——解／鳥居邦朗——案
安岡章太郎	ガラスの靴｜悪い仲間	加藤典洋——解／勝又 浩——案
安岡章太郎	幕が下りてから	秋山 駿——解／紅野敏郎——案
安岡章太郎	流離譚 上・下	勝又 浩——解／鳥居邦朗——年
安岡章太郎	果てもない道中記 上・下	千本健一郎—解／鳥居邦朗——年
安岡章太郎	犬をえらばば	小高 賢——解／鳥居邦朗——年
安岡章太郎	[ワイド版]月は東に	日野啓三——解／栗坪良樹——案
安岡章太郎	僕の昭和史	加藤典洋——解／鳥居邦朗——年
安原喜弘	中原中也の手紙	秋山 駿——解／安原喜秀——年
矢田津世子	[ワイド版]神楽坂｜茶粥の記 矢田津世子作品集	川村 湊——解／高橋秀晴——年
柳宗悦	木喰上人	岡本勝人——解／水尾比呂志他-年
山川方夫	[ワイド版]愛のごとく	坂上 弘——解／坂上 弘——年
山川方夫	春の華客｜旅恋い 山川方夫名作選	川本三郎——解／坂上 弘—案・年
山城むつみ	文学のプログラム	著者——年

講談社文芸文庫

山城むつみ	ドストエフスキー	著者——年
山之口貘	山之口貘詩文集	荒川洋治——解／松下博文——年
湯川秀樹	湯川秀樹歌文集 細川光洋選	細川光洋——解
横光利一	上海	菅野昭正——解／保昌正夫——案
横光利一	旅愁 上・下	樋口 覚——解／保昌正夫——年
横光利一	欧洲紀行	大久保喬樹-解／保昌正夫——年
吉田健一	金沢|酒宴	四方田犬彦-解／近藤信行——案
吉田健一	絵空ごと|百鬼の会	高橋英夫——解／勝又 浩——案
吉田健一	英語と英国と英国人	柳瀬尚紀——人／藤本寿彦——年
吉田健一	英国の文学の横道	金井美恵子-人／藤本寿彦——年
吉田健一	思い出すままに	粟津則雄——人／藤本寿彦——年
吉田健一	本当のような話	中村 稔——解／鈴村和成——案
吉田健一	東西文学論|日本の現代文学	島内裕子——人／藤本寿彦——年
吉田健一	文学人生案内	高橋英夫——人／藤本寿彦——年
吉田健一	時間	高橋英夫——解／藤本寿彦——年
吉田健一	旅の時間	清水 徹——解／藤本寿彦——年
吉田健一	ロンドンの味 吉田健一未収録エッセイ 島内裕子編	島内裕子——解／藤本寿彦——年
吉田健一	吉田健一対談集成	長谷川郁夫-解／藤本寿彦——年
吉田健一	文学概論	清水 徹——解／藤本寿彦——年
吉田健一	文学の楽しみ	長谷川郁夫-解／藤本寿彦——年
吉田健一	交遊録	池内 紀——解／藤本寿彦——年
吉田健一	おたのしみ弁当 吉田健一未収録エッセイ 島内裕子編	島内裕子——解／藤本寿彦——年
吉田健一	英国の青年 吉田健一未収録エッセイ 島内裕子編	島内裕子——解／藤本寿彦——年
吉田健一	[ワイド版]絵空ごと|百鬼の会	高橋英夫——解／勝又 浩——案
吉田健一	昔話	島内裕子——解／藤本寿彦——年
吉田知子	お供え	荒川洋治——解／津久井 隆——年
吉田秀和	ソロモンの歌|一本の木	大久保喬樹-解
吉田 満	戦艦大和ノ最期	鶴見俊輔——解／古山高麗雄-案
吉田 満	[ワイド版]戦艦大和ノ最期	鶴見俊輔——解／古山高麗雄-案
吉村 昭	月夜の記憶	秋山 駿——解／木村暢男——年
吉本隆明	西行論	月村敏行——解／佐藤泰正——案
吉本隆明	マチウ書試論|転向論	月村敏行——解／梶木 剛——案
吉本隆明	吉本隆明初期詩集	著者——解／川上春雄——案
吉本隆明	マス・イメージ論	鹿島 茂——解／高橋忠義——年

講談社文芸文庫

松下竜一
底ぬけビンボー暮らし
解説=松田哲夫　年譜=新木安利・梶原得三郎
売れない作家の台所事情は厳しいが、夕方の妻との散歩、家族や友人との楽しい会話、四季の移ろいや風物を愛でる日々は何物にも代え難い。心に沁みる名随筆集。
978-4-06-512928-9
まＬ3

伊藤痴遊
隠れたる事実　明治裏面史
解説=木村　洋
歴史の九割以上は人間関係である！　講談師にして自由民権の闘士が巧みな文辞で説く、維新の光と影。新政府の基盤が固まるまでに、いったいなにがあったのか？
978-4-06-512927-2
いZ1

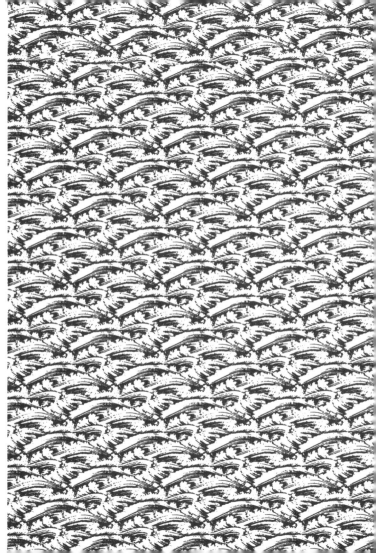